KB119570

혼
자
를

짓
는

시
간

김혜니
(이 책에서는 인터뷰, 레시피, 그림, 짧은 글을 담당했다.)

그래픽 노블을 만들며 만화 워크숍, 요리, 그림책 번역 등 다양한 일을 하고 있다. '혜니의 시도', 그림 레시피-에세이 '이리저리 헤맨 사람의 레시피'를 연재했다.

황예지
(이 책에서는 인터뷰, 레시피, 사진을 담당했다.)

황예지는 1993년 서울에서 태어났다. 수집과 기록을 즐기는 부모님 밑에서 자랐고 그들의 습관 덕분에 자연스레 사진을 시작했다. 사진과 에세이, 인터뷰 등 다양한 형식을 다루며 개인적인 서사를 수집하고 있다. 개인의 감정과 관계, 신체를 통과해 사회를 바라보고자 한다. 사진집 『mixer bowl』과 『절기, season』, 산문집 『다정한 세계가 있는 것처럼』을 출간하고 개인전 <마고, mago>를 열었다.

김혜니, 황예지 인터뷰집

혼
자
를

짓
는 시
    간

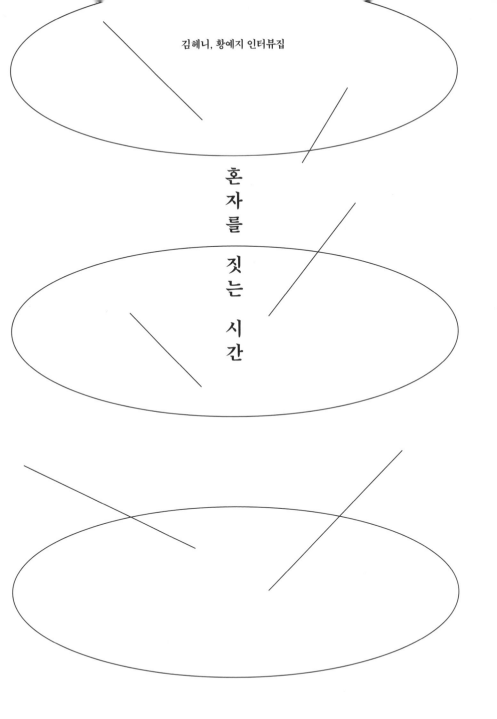

위즈덤하우스

김혜니 사람들에게 '혼자'라는 단어를 꺼내면, '같이'라는 가치에 관한 이야기를 듣게 되는 때가 많아요. 근데 그 두 가지가 꼭 서로 대립하는 건 아닌 것 같아요. 혼자일 수 없으면 같이하는 것이 불가능하게 느껴지거든요.

황예지 코로나 바이러스가 극성을 부리면서 휘청하는 때가 많았는데 그 휘청거리는 순간을 사람들이 어떻게 견뎌내고 그 안에서 창작하고 있는지, 연결이나 연대를 모색하고 싶기도 했어요. 그래서 레시피를 선물하면서 그 사람들의 이야기를 빌리면 좋지 않을까 생각했어요.

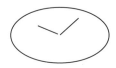

정해진 틀에서 벗어나 숨을 쉬어보기

신유정

요가 강사

헤니   자기소개를 부탁드려요.

유정   저는 '두쉐어'라는 요가 공간을 즐겁게 운영하면서 요가를 나누고 있는 선생님이자 여전히 요가를 배우고 있는 학생입니다. 가르치면서 배우고, 배우면서 가르치는 사람이에요.

헤니   두쉐어요가는 어떤 곳인가요?

유정   두쉐어요가를 통해서 제가 세상에 전달하고 싶은 메시지는 '내가 잘 숨 쉬고 있는가?' 하는 질문이에요. 누구든 이 공간에 오면 그냥 숨 쉬었으면 좋겠다는 큰 그림을 가지고 시작하게 되었습니다.

예지   두쉐어요가의 운영 방향이 다른 요가원과 달라서 특별하다고 생각했어요.

유정   저는 자세를 똑같이, 얼마나 완벽하게 해내는지보다 자기 자신의 몸에 맞춰서 움직이고 싶은 대로 움직임을 직접 선택하는 주체성을 가질 수 있도록 수업을 이끌어가고 있어요. 나를 따라 해라, 이 자세는 이렇게 저렇게 해라 일러주는 것이 아닌, 어떤 자세가 만들어지기까지의 과정이 있는데 자신이 그 과정에서 어디에 위치하는지 스스로 찾고 선택할 수 있도록 제가 아는 것을 전달하는 것이 두쉐어요가의 가장 큰 줄기이자 핵심이에요.

저희 센터에서 일하는 선생님들은 단지 고용된 관계가 아니라 자기 색깔대로 자유롭게 수업을 할 수 있게끔 독려하고 있어요. 주체성이라는 줄기 안에서 자기만의 색깔을 최대한 풀어낼 수 있게요. 그래서 제가 주제를 정해주거나 커리큘럼을 만들어주지 않아요. 대신 본인이 품어온 요가에 대한 생각이 무엇인지 제일 먼저 물어봐요. 각자가 매트 위에서 경험한 것이 무엇인지, 요가를 통해서 다른 사람들에게 전해주고 싶은 게 무엇인지, 각자가 가지고 있는 색깔과 용기를 나눌 수 있게끔, 그래서 요가가 더 다양한 관점으로 전달될 수 있게요.

예지　이곳이 공동체적 가치를 추구한다고도 느꼈습니다.

유정　앞으로는 이 공간의 색깔을 또 새롭게 바꾸어나가려고 생각하고 있어요. 센터의 옥상 공간을 요가뿐만 아닌 다양한 문화가 합쳐진 커뮤니티가 생길 수 있는 공간으로 만들어가고 싶어요. 경리단길엔 원래 다양한 문화가 공존해왔는데, 그것이 빠르게 사라져가는 모습을 보는 게 아쉬웠고, 다시 살려보고 싶다는 마음이 들었거든요. 각자 자기 색깔을 가지고 있되 한 가지 색이 튀어나오는 게 아니라, 무지개처럼 다 합쳐져도 조화롭고 아름다울 수 있는 모습을 그려보고 있습니다.

헤니　요즘 어떻게 지내시나요?

유정　요즘 저는 지도자 과정을 진행하느라 엄청 바쁘게 보내고 있어요. 쉬는 날 없이, 꿈과 희망과 포부를 가지고 10년 뒤를 바라보며 획일화되어 있는 요가계를 바꾸어보고자 노력하고 있습니다.

예지　요가계에 대해 평소 어떤 생각들을 해오신 건지 궁금해요.

유정　내가 숨을 잘 쉬고 행복하기 위해 요가를 하는 건데, 요즘

저는 그걸 깨고 싶어요. 그래서 기존의 이미지를 깨고
확장하고, 더 멀리 전달할 수 있는 사람을
찾기 위해서 지도자 과정을 시작하게 됐어요.

엔 요가 하는 사람은 딱 붙는 옷을 입고 말라야 할 것 같은 이미지에다가, 요가는 이렇게 해야 하고, 매트 위에서 어떻게 해야 잘하는 거다 같은 기준이 생겨버렸어요.

저는 그걸 깨고 싶어요. 그래서 기존의 이미지를 깨고 확장하고, 더 멀리 전달할 수 있는 사람을 찾기 위해서 지도자 과정을 시작하게 됐어요. 그러다 보니 수련하는 친구들과 부딪침도 많아요. 기존에 가지고 있던 생각을 바꿔야 하니까 변화를 받아들이기 위한 저항이 거세기도 합니다. 그 과정을 잘 이끌어가야 해서 저조차도 이게 맞는 길일까, 내 고집인 건 아닐지 계속 물어보고 고민하느라 개인적으로 더 깊게 숙고하는 시간이기도 합니다.

헤니 아무래도 획일화되는 흐름에 저항하고 계신 거니까요.

유정 맞아요. 변화를 주도하기로 마음먹고 시작한 거라 예상은 했었지만 요가를 가르치려고 배우러 오시는 분들이 생각보다 쉬운 길을 원하는 것 같은 생각이 들어서 속상하기도 해요. 요가계가 더 존중받고 페이도 더 높아지길 원한다면 수업의 퀄리티도 높아져야 되잖아요. 그런데 노력을 하기보다는 획일화된 시퀀스 하나만 배우려고 하는 경우가 있어요. 그건 기계를 만들어내는 것밖에 안 되잖아요. 저는 '왜?'라는 질문을 던지는 법을 가르쳐주고 싶은데, 사람들은 점점 복잡하게 생각하는 걸 꺼려하고, 그런 질문에 대한 수용력도 옅어진 것 같다고 느껴요.

헤니 사람들이 질문하고 생각하는 걸 싫어하게 된 것 같아요. 자신을 깊이 아는 것을 원하지 않고요.

유정　정말 그래요. 수면 위만 훑고 싶어 하고 조금만 더 깊이 들어가면 무서워하는 것 같다고 느낍니다. 자신이 아는 기준에서 벗어나는 것을 두려워하고, 그러한 시도를 피하는 경향이 짙어졌어요.

예지　쉬는 시간은 어떻게 보내세요?

유정　제게 가장 좋은 휴식은 남산에 가서 뛰는 거예요. 뛰거나 산책을 하고, 이상하게 들릴 수도 있겠지만 나무를 껴안고 숨 쉬다 와요. 저는 나중에 죽게 되면 꼭 수목장을 해달라고 부탁하고 다닐 정도로 나무를 사랑하거든요. 제가 나무를 이렇게 껴안고 있다가 사람들과 마주칠 때면 연세 있으신 분들은 왜 저러고 있나 혀를 차며 지나가는 분들도 계세요. (웃음)
사람을 좋아하지만 늘 사람들을 상대하다 보니 자연하고 있을 때가 회복이 빨라요. 최근에 센터를 확장하면서 마음이 조급해졌는데 코로나 상황이 다시 심각해진 거예요. 앞으로 좋아질 거라는 예상과 달리 다시 상황이 심각해지니까 정말 앞이 캄캄했어요. 그때 어김없이 남산을 뛰다가 제가 가장 사랑하는 나무를 껴안고 이런 나무처럼 성장하게 해달라고 기도하고 있었는데 그 나무 옆에 어린 나무가 있는 걸 처음으로 발견한 거예요. 몇 년 동안 다니던 길이었는데 그간 한 번도 보지 못했더라고요. 그 어린 나무를 보는 순간 나는 아직 이렇게 작은데, 여태껏 큰 나무만 보면서 이렇게 커지게 해달라고 바라고 있었구나 하는 생각이 들었어요. 그러다 저편에 죽은 나무가 살아 있는 나무들의 가지를 받쳐주는 역할을 하고 있는 게 보였어요. 목숨을 다한 나무가 생명을 만드

는 걸 돕고 있는 걸 보면서 나의 마지막도 저랬으면 좋겠다, 당장 가고 싶은 길만 바라보고 있었구나 하는 깨달음을 얻고서는 그날 이후로 마음이 많이 괜찮아졌어요. 그 덕에 다시 버텨나가고 있습니다. 이 모든 게 끝날 거라고 굳게 믿으면서요.

요즘 나무에 대한 책을 읽고 있는데 같은 종의 나무끼리는 영양분이 부족한 개체가 있으면 뿌리로 서로 영양분을 교환하며 죽지 않게끔 지켜준대요. 정말 아끼는 친구 쪽으로는 햇볕을 잘 받을 수 있게 가지를 뻗지 않아서 나뭇가지가 서로 엉키지 않고 두 나무 사이에 길이 생긴다고 해요. 그게 바운더리인 것 같아요.

헤니　빨리 자라나고 싶은 조급한 마음에 공감해요. 뭐든 기왕에 할 거면 좀 잘해보자는 마음.

예지　그럴 때 위만 바라보면서 불안을 느끼는 게 아니라 내 위치를 확인하고, 주변을 둘러보고 시야가 확보되었을 때 아기 나무도, 죽은 나무도 보이는 것 같아요.

유정　맞아요. 그 외엔 요즘 갤러리 공간을 찾아가보는 게 새로운 취미가 되었어요. 한남동에 있는 건축회사 내 갤러리인 '비선재'라는 공간을 자주 찾아가는데, 그림을 보러 가는 것도 있지만 조용하고 여백이 많은 공간에 머물기 위함도 있는 것 같아요. 작품들을 보면서 작품 하나를 만들어내기까지 그 뒤에 보이지 않는 과정들에 대해 생각하고, 그것들을 흡수하고 싶어서인지 자꾸 다시 찾게 돼요.

예지　그동안 어려운 시기마다 어떤 가치를 나침반 삼아 지나오셨는지 궁금해졌어요.

유정　제 가치는 딱 하나예요. 사랑. 사랑 딱 하나인 것 같아요. 당황스럽거나 황당한 일이 생기면 물론 저도 화가 나지만, 그럴 때 한 번 더 생각해보면 나도 처음에는 저럴 수 있었겠다는 연민이 들어요. 꼭 위대한 사랑이 아니더라도, 아주 조금이라도 상대를 이해해볼 수 있겠다는 마음을 사랑의 척도로 삼으면 나도 더 아프지 않고 그 일을 지나보낼 수 있겠더라고요. 그래서 사랑이라는 가치를 택했고, 그것을 중심으로 일을 하다 보니 꼭 자석처럼 사랑이라는 같은 방향을 보고 있는 사람들이 곁에 남겨지더라고요. 그래서 지금 함께해주시는 선생님들도 신기하게 그런 성향들을 갖고 있어요. 단적인 예를 들면, 회원을 많이 모아 페이를 높이고 싶다는 기준을 가장 중심에 둘 수도 있는 건데, 이곳에 계시는 선생님들은 여기서 사람들이 몸이 좀 회복되어 나갔으면 좋겠다, 마음을 위로받았으면 좋겠다, 이런 것을 기준으로 삼아요. 그게 사랑의 시작이잖아요. 사랑의 시선으로 봐야 그런 마음이 생길 수 있는 거니까.

예지　사랑이라는 말은 어찌 보면 세상에서 제일 남발되는 단어이기도 한데 유정님께 사랑은 뭘까요. 이타심?

유정　우선 나를 지킬 줄 아는 사랑이 먼저여야 해요. 그게 없으면 남에게 절대 사랑을 줄 수 없어요. 그렇지 않으면 자신이 무너져버릴 수 있으니까요. 나를 지킬 줄 알고 나를 먼저 사랑할 줄 알고 그런 다음에 다른 사람을 사랑할 수 있는 거. 내 중심을 사랑

우선 나를 지킬 줄 아는 사랑이 먼저여야 해요.
그게 없으면 남에게 절대 사랑을 줄 수 없어요.
그렇지 않으면 자신이 무너져버릴 수 있으니까요.

하고 나서 다른 사람의 중심도 사랑해줄 수 있는 거죠. 그게 제가 가지고 있는 사랑의 기준입니다.

헤니   저도 진짜 정확한 사랑의 정의라고 느꼈던 것이 있었는데, "가져가서 자기 걸로 만들지 않는 것"이라는 말이었어요.

예지   저는 요즘이 개인의 건강이 자리 잡기 힘든 사회라고 생각하거든요. 고통스러운 일도 훼손되는 일도 너무 많고요. 건강한 자기 사랑을 지키기 위해서 어떤 선택을 해왔는지, 그리고 그게 어긋났을 때 어떻게 대처하셨는지도 궁금해요.

유정   저도 그동안 나침반이라고 생각해왔던 기준이 다 흔들렸던 때가 있었어요. 누가 보면 이곳에 투자라도 했냐고 물어볼 정도로 헌신을 다했던 공간에서, 어떤 이유나 타당한 설명도 없이 갑자기 그만두라고 통보받은 거예요. 그때 처음으로 내가 사람들한테 이렇게 마음을 다해 대할 필요가 없구나 생각하게 되면서, 큰 상처를 받았던 것 같아요.
항상 손해 보는 건 주는 쪽이고 가져가는 쪽은 득만 있다고, 결국엔 나만 바보가 되었단 생각에 사로잡혀서 이후 6개월 동안 여행을 다녔어요. 아예 한국 요가계를 떠날 생각도 있었죠. 여행을 다니면서 계속 질문했어요. 요가를 왜 시작했었는지 스스로에게 다시 물어보기도 하고요. 그러다가 세계 곳곳에 숨겨진 요가원의 선생님들을 찾아가서 수업을 듣기 시작했어요. 그리스에서 검색을 해서 찾아간 요가원에서는 2주 동안 머물며 수업을 들었는데, 한국말이 통하지 않으니 오히려 선생님이 진땀을 흘리며 안 되는 영어까지 섞어가며 제게 여러 가지를 일러주려고 하시는 게 손길, 눈빛 하나하나로 다 전해져왔어요. 그분이 얼마나 나를 도와주고 싶어 하시는지, 이 수업에서 낙오되지 않고 같이하길 바라는지 다 느껴졌어요. 잘 알려지지도 않은 곳에서 수련을 지속하시는 선생님들의 수업을 찾아 들으면서 이것이 진짜 요가의 모습이 아닐까 생각했죠. 그분들은 하나같이 무척 행복해 보이셨거든요.

이런 것들이 저에게 하나씩 스며든 것 같아요. 그래서 저도 요가 매트 위에서 나눠주고자 했던 것들의 기준이 완전 바뀐 거예요. 내가 느꼈던 모습들, 그런 사랑이 전달됐으면 좋겠다는 생각이 들었어요. 그렇게 치유가 시작됐던 것 같습니다. 벌써 5년이 지났네요.

예지　내가 받은 치유로 인해 타인도 치유 받을 때 카타르시스가 있을 것 같아요. 전 요가 하다가 갑자기 울컥하게 되는 때가 있어요.

헤니　저는 그게 몸을 움직여서 그런 것 같아요. 움직이다가 어디가 풀리거나 하면서 마음까지도 같이 영향을 받는 거죠.

유정　맞아요. 솔직하게 감정이랑 마주할 수 있는 보물 같은 시간이죠.

예지　요가 일은 어떻게 하다가 시작하시게 됐어요?

유정　재활로 시작하게 되었어요. 번지점프, 스노우보드 같은 익스트림 스포츠를 즐길 정도로 활동적이었는데, 무릎 부상을 당해 재활로 요가 수업을 듣게 됐어요. 그간 워낙 과격한 움직임을 즐겼던지라 처음에는 요가가 매우 어색했는데, 어느 순간 매트 위에서 멈추어 머무르고 있는데 아주 신기할 정도로 평온한 고요함이 느껴졌어요. 심박수가 높아지는 희열감과는 또 다른 웅 하는 진동감 있는 여운을 맛보았죠. 그때가 제가 요가랑 처음 클릭되는 순간이었던 것 같아요.

예지　이후에 한국에 돌아와서도 요가를 계속하신 거죠?

유정　한국으로 돌아와 다시 일을 시작했을 때쯤 한국에도 막 정통 요가원이 생겼어요. 야근을 하더라도 틈새 시간에 꼭 수업을 들으러 갔죠. 밤을 새는 날에는 방 안에 매트를 깔아놓고 잠깐이라도 요가를 했고요. 요가는 그 시절 저에게 흡사 숨구멍이었던 것 같아요. 그러다 보니 좀 더 깊게 배워보고 싶은 마음이 생겼는데, 마침 기다렸던 선생님이 한국에 와서 수업을 하신다는 거예요. 좋은 기회다 싶어서 그 수업을 들어보고서 내가 정말 괜찮으면 요가를 가르쳐보고 아니면 안 해야지 하는 생각이었는데, 감사하게도 선생님이 보시기에 제가 가능성이 있다고 하셨죠. 그분이 전달해주는 철학을 함께 배우고 나니, 요가를 가르치는 일을 하면 내가 정말 숨을 쉴 수 있겠구나 싶었어요.

당시에 일하던 분야에서 제가 숨을 쉬지 않고 있다는 걸 깨달았거든요. 목표랑 타이틀만 보면서 가다 보니 제 눈빛도 바뀌었고요. 예전에 찍은 사진을 보면 제가 이런 사람이었구나 싶을 정도로 날카로워요. 정해진 틀 안에서 완벽해야 했고 거기에서 이만큼만 벗어나도 못 참던 저인데, 매트 위에만 있으면 원래 나를 마주하는 것 같아서 숨이 쉬어졌어요. 제가 스스로에게 묻고 싶었던 것이 딱 그 질문이었거든요. 나는 어디에서 숨을 쉬지?

정해진 틀 안에서 완벽해야 했고
거기에서 이만큼만 벗어나도 못 참던 저인데,
매트 위에만 있으면 원래 나를 마주하는 것
같아서 숨이 쉬어졌어요.

제가 체육이나 무용을 전공한 사람도 아니고 허허벌판 맨땅에 헤딩하는 기분이었어요. 주변에서 미쳤다고, 가족들도 다 같이 저를 뜯어 말렸죠. 근데 전 요가 매트 위에 있을 때 너무 행복한 거예요. 직장에서 남들이 좋다고 하는 조건들을 다 가지고 있었지만, 시간이 흐르면 흐를수록 숨이 안 쉬어졌어요. 10년 뒤를 미루어 볼 때 제가 가고 싶은 모습이 아닌 거예요. 그런데 저의 요가 선생님은 너무 존경스러운 모습으로 제 앞에 계셨고, 저도 저렇게 나이 들고 싶다는 생각이 들어서 마침내 결정을 내렸어요. 가족과 지인들이 정신 차리라고 원래 자리로 돌아오라며 저를 말리는 걸 한 2년 견뎠죠.

헤니　　다들 자기 경험에 비춰서밖에 생각하지 못해서 그런 것 같아요.

예지　　사회는 돈과 명예에만 가치를 부여하는데, 진로 선택에 있어서 겁먹고 있는 20대 친구들한테 해주고 싶은 말이 있을까요?

헤니　　내가 어떤 일을 하느라 밤을 꼴딱 샜는데 다음 날 눈빛이 살아 있는지 한번 살펴보라고 말해주고 싶어요. 24시간 잠을 자지 않고 그 일에 집중을 하면 몸은 당연히 피곤하겠지만 그다음 날 거울을 보는데 여전히 눈빛이 살아 있으면 그건 해야 하는 일이라고 저는 그렇게 얘기해줘요. 저 자신도 그랬던 것 같아요. 5분 쪽잠을 자고 다시 일을 하러 나가더라도 눈빛이 살아 있으면 정신이 살아 있다는 거잖아요.

그래서 그 질문을 자기한테 꼭 던져봤으면 좋겠어요. 그리고 1~2년이 지나고 그 질문을 똑같이 던져봤을 때 눈빛이 흐리멍덩하고 뇌도 마음대로 돌지 않는 것 같고, 정신이 점점 좀먹고 있는 상황인 것 같다 싶으면 멈춰봐야죠. 시간이 지나 되물어보는 일도 정말 중요해요. 요가계에서도 일을 하면 할수록 눈에서 빛이 사라지는 경우를 본 적이 있어요. 말도 안 되는 열정 페이나 착취도 많은데요. 기계의 부속품같이 쓰이다 필요 없으면 버려지는 거죠. 그럴 때 내 눈빛이 살아 있는 일을 선택하면 누가 뺏어가려고 해도 무섭지가 않아요. 그래? 그럼 난 더 단단하게 해낼 수 있어. 이런 자신감이 솟아오르거든요.

예지　　몸이 게을러지는 날은 없나요?

유정　　있죠. 큰 행사를 끝냈는데 그다음 날 아침 오늘처럼 날씨가 되게 좋을 때. 그때는 저랑 씨름을 하죠. 당장에 남산을 뛰러 가고 싶은 마음과 하루 일정을 잘 감당해내는 데 필요한 에너지를 아끼기 위해서 지금은 잠시 멈춰야 한다는 마음 사이에서. 오늘도 그걸로 한참 고민하다가 결국 안 가고 쉬었어요.

예지　　운동하시는 분들은 활동의 정지에 대한 두려움이 엄청 크잖아요. 사실 모든 분야에서 그렇긴 하지만…. 그동안 멈춤을 어떻게 다뤄오셨는지 궁금해요.

유정　　맞아요, 제일 어려워요. 저도 쉬는 것 자체를 허락하지 못하던 사람이에요. 타고난 기질은 잘 안 바뀌잖아요? 스톱 버튼을 누르는 것 자체가 두렵다는 생각을 많이 했어요. 이러다가 뒤처진다. 나는 해내야만 한다. 이런 강박관념이 강했고 일을 거절할 줄도 몰랐어요. 무슨 일이든 들어오면 다 했죠. 그렇게 시간을 거의

초 단위로 쪼개 쓰며 스케줄을 짜고 움직였더니 몸이 고장이 나더라고요. 일주일을 앓고 나니 열심히 만들어놓았던 몸이 그사이에 고열로 다 무너진 거예요. 내가 할 수 있는 한계치가 있는데 그걸 전혀 인정하지 않았음을 그때 처음 느꼈어요. 그때부터 저 스스로에게 "NO"라고 말하는 연습을 시작했어요.

수련도 잠시 멈추는 인요가 수련을 선택했어요. 그걸 절대 못하는 성향이었는데, 가만히 머무르는 수련을 공부하기 시작한 거죠. 인요가를 공부하면서부터 멈춤의 힘이 얼마나 큰지를 몸이 먼저 느꼈고, 그러고 나서 사람은 정지를 해야만 다시 나아갈 수 있다는 걸 조금씩 배웠어요. 정지 없이 가면 빨리 무너지더라고요.

예지　저도 인요가 수련을 해봤는데 초반에는 잡생각이 막 몰려들더라고요. 가벼워지는 게 아니라 마음이 시끄럽고요. 비워내기의 기술 같은 게 있으신지 궁금해요.

유정　대부분 정지 버튼을 못 누른 사람들이 잡생각이 많아요. 겉으로는 이렇게 가만히 있는 것 같은 순간에도 머릿속은 계속 움직이잖아요. 저는 호흡 수련을 좀 깊게 하면서부터 그게 가능해진 것 같아요.

내려놓고 다 비워내는 정화 기법으로 하는 호흡 수련들이 있어요. 저는 매일 아침 하는데요. 그러고 나면 머리가 선명해지는데, 그 후에 인요가 수련이나 명상을 하면 잡생각이 좀 사라져요. 우리에게 마음의 작용이 없다면 죽은 거나 매한가지이죠. 마음의 작용이 수면 위로 솟아오르는 것을 무조건 억누르기보다는 그것을 위에서 내려다보듯 관찰하고 알아차리는 호흡과 명상 기법으로 수련해요. 학생들에게 또한 그렇게 가르치고 있어요.

다른 한편으로, 이게 내가 감당할 수 있는 일인지 아니면 나한테 효과적인 일인지, 나중에 내가 이것을 선택했을 때의 기회비용을 감수할 수 있는지 잠깐이라도 생각하는 시간을 갖는 게 노하우인 것 같아요.

혜니　그 호흡 수련에 대해서 조금 더 말씀해주세요.

유정　예를 들어서 요가는 숨의 흐름에 방향이 있어요. '아빠나'라고 해서 아래로 내려보내는 숨이 있거든요. 장기 안에서 배출이 일어나게끔 만들어주기도 하고, 너무 꽉 붙들고 있는 에너지를 계속 내려놓게끔 해서 새로운 공기로 환기하듯이 새로운 것들이 들어올 수 있는 공간을 만드는 거예요. 끄리야라는 정화 테크닉 중 하나인 '아그니사라' 호흡법이 있어요. 내면에 불을 지펴서 다 비워내고 불필요한 것들이 다 빠져나갔을 때 중심을 깨워내는 거예요. 신경계 안정을 시키는 여러 가지 호흡법도 있고 새로운 목표를 세우기 위해 완전히 깨어나야 할 때 쓰는 기법들도 있고요. 예전에는 육체적인 것들에 더 집중해서 공부했다면 이제는 우리 몸 안을 더 잘 느낄 수 있게끔 수련하는 방식으로 바뀌었어요.

예지　시기별로 어떤 방식으로 자신을 돌보셨는지 궁금한데, 사실 돌봄은 누군가한테 받고 그것을 배우기도 하잖아요. 그동안 도움 받았던 돌봄의 경험이 있었는지, 돌봄이라는 단어를 어떻게 품고 계시는지도 궁금합니다.

유정　저는 처음에는 돌봄을 무조건 여행 가는 거라고 생각했어요. 평소 현실에서 벗어나서 아무것도 아닌 상태가 되는 것. 그래서 여행을 많이 다녔어요. 와이파이가 터지지 않는 곳이나, 로컬들이 사는 집에 머물면서 현실로부터 단절을 시키는 게 정지하는 하나의 방법이라고 생각했어요.

그런데 그게 반복이 되니까 마치 삶에서 회피하는 것만 같고 정체가 시작되는 거예요. 그래서 떠나고 싶은 충동이 일어날 때마다 '지금 내가 무엇에서 도망치고 싶은가'라는 질문을 먼저 던져보기 시작했어요. 그러면서부터 있어야 할 자리에 뿌리를 하나씩 더 깊게 내리게 되었고, 진짜 내게 휴식이 필요한 때와 장소를 현명하게 분별하게 되었어요. 시선을 바꾸면 내가 사는 동네도 구석구석 새로운 여행지가 되어주더라고요.

도움을 받은 돌봄의 경험이라면, 저는 와인이나 음식을 좋아하거든요. 입안에 맛있는 향미가 퍼질 때 뇌 세포도 다시 살아나는 것 같아서요. 와인의 향이 입에 딱 닿아서 감각 세포로 퍼져가는 느낌이 제가 수련할 때 숨이 느껴지는 것과 똑같아서 실제로 도움을 많이 받기도 해요. 그래서 음식과 와인을 잘 아는 친구들 덕분에 맛있는 데를 가게 되면 그게 굉장히 큰 행복이에요. 제가 그런 걸 찾고 알아볼 시간이 좀 부족하다 보니 친구들 하고 보내는 시간 자체가 제가 받는 돌봄 중 하나죠.

예지 개인마다 생각하는 우정이나 애정의 범위가 다른데 유정 님에게 우정이란?

유정 같이 있는 시간의 양이라기보다는 질감과 밀도라고 해야 할까요. 나이가 들면 들수록 점점 더 바빠지고 각자의 삶이 분명해지잖아요. 1년 만에 딱 1시간 만나서 이야기했는데 너무 힘이 되어주는 만남, 말을 하지 않아도 정말 맛있는 것만 먹고 음식에 대해서만 얘기 나누고 헤어져도 지금 내가 이런 상태구나 알아봐 줘서 그냥 힘이 되어주는 친구. 딱 그 밀도랑 믿음이 지금의 저한테는 우정이라는 말의 정의 같아요.

예지　친목이나 소통이라는 단어가 SNS를 통해서 좀 가벼워졌잖아요. 저도 사실 밀도 있는 대화를 좋아하는데 제 주변을 살펴보면 대화를 할 수 있는 사람들과 아닌 사람들이 나뉘는 것 같아요. 혹시 유정 님 주변을 밝혀주는 랜턴 같은 존재가 있는지 궁금했어요.

유정　예전이라면 여러 사람이 떠올랐을 것 같은데 지금은 저에게 그런 존재는 저희 아빠예요. 아빠랑 어렸을 때부터 워낙 친하기도 했지만 저한테 가르쳐주셨던 말들이 항상 머릿속에 울리거든요. "감사해야 돼", "괜찮아" 같은 말을 제가 흔들릴 때마다 정말 무게감 있게 해주셨어요. 산을 좋아하시는 진짜 산 같은 분이시죠. 코로나가 터지고 나서 제가 주저앉아서 펑펑 울었던 적이 있는데, 옆에서 보시더니 "괜찮아, 너한테 주어진 게 또 있을 거야"라고 말씀해주시는 거예요. 그런 말 한마디가 제게 꼭 랜턴처럼 비춰지는 것 같아요. 진짜 힘들거나 무너질 것만 같을 땐 아빠의 목소리로 '괜찮아' 하는 말이 들리는 것 같기도 하고요. 연세가 많아지실수록 더 산 같아지시는 느낌이 들어서 지금도 가끔 너무 지치면 아빠한테 전화해요.

헤니　그런 말들이 진짜 큰 힘이 되는 것 같아요.

신유정을 위해 짓는 요리

준비 10분 / 조리 20분 / 2인분

초록 채소 플레이트

vegetarian

ingredients.

1. 데친 채소
아스파라거스 4개
두릅 6개
브로콜리 1/4개
올리브오일
페퍼론치노 2개
소금, 후추

2. 무 퓨레
무 1/3조각
버터 2큰술
소금, 후추

3. 튀일
물 80g
밀가루 10g
기름 20g
소금 한 꼬집

how to.

1. 채소 데치기 : 큰 냄비에 소금 1큰술을 넣고 물을 끓인다. 아스파라거스는 밑동을 부러뜨린 뒤 기둥의 새순을 작은 칼로 잘라낸다. 키를 맞춰 자른 뒤 밑동 2센티 정도에 칼집을 내고 껍질을 돌려 깎기 한다. 브로콜리는 줄기가 긴 걸로 구입해 길쭉하게 손질해서 반으로 자른다. 두릅은 줄기의 가시를 긁어내고 밑동의 나무껍질을 잘라준다. 끓는 물에 각각 1~2분씩 색이 선명해지고, 아삭한 식감이 살아 있도록 데친다. 찬물에 헹궈서 식힌 뒤 물기를 빼서 준비한다.

2. 무 퓨레 : 냄비에 물을 끓여 소금을 약간 치고 무를 푹 익힌다. 버터 2큰술을 더해 부드러운 질감의 퓨레가 될 때까지 믹서에 갈아준다. 필요시 물을 조금 더한다. 작은 냄비에 옮겨 원하는 질감이 될 때까지 수분을 날린다. 소금, 후추로 간한다.

3. 튀일 : 재료를 모두 섞어 믹서에 간다. 코팅된 팬을 중불에 잘 데워서 반죽을 얇게 펼치며 한 국자씩 넣고 물이 증발할 때까지 타지 않게 유의하며 천천히 구워낸다.

4. 마무리 : 접시에 무 퓨레를 도톰하게 깔고 데친 채소를 보기 좋게 놓는다. 페퍼론치노를 살짝 부숴서 뿌리고 튀일, 올리브오일, 소금, 후추를 뿌려서 마무리한다.

recommend.

매일 남산에 올라가 달리기를 하고 나무를 끌어안으며 에너지를 충전한다는 유정 님을 위해 따뜻한 퓨레 위에 녹색 채소가 올라간 한 접시를 떠올렸어요. 각자의 속도에 맞게 성장 중이라는 이야기에 영감을 받아 크기와 모양이 다른 녹색 채소들을 올려보았습니다.

길고 짧은

두껍고 얇은

다양한 초록 채소를 고른다

각자의 크기에 맞추어

소금물에 데친다

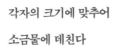

부드러운 맛에
단단한 맛을 더해
한 접시에 놓는다

한발 물러나 정확하게 마주하기

김소연

시인

헨조이   소개 부탁드립니다.

소연   시 쓰면서 살고 있고요. 시밖에 할 줄 아는 거 없는 김소연입니다. 시가 싫어서 도망가고 싶어도 도망갈 데가 없어요. (웃음)

예지   저는 사진 작업을 하다 보면 사진만 할 수 있는 상태가 아닐 때가 많았던 것 같아요. 시만 한다는 건 어떤 경험일까요?

소연   시만 한다고 생각하지만, 시를 가르치는 것도 시만 하는 것이라고 포함시키는 거죠. 산문도 쓰고요. 산문 쓸 때는 기지개 펴는 마음이 있어요. 쾌락은 좀 얕지만, 기지개를 안 펴고 시만 썼으면 죽었을 거예요. (웃음)

예지   이번에 어금니 꽉 깨물고 기지개 편 건 어땠어요?

소연   어금니를 꽉 깨물기보다는 으득으득. 제가 원래 어금니를 깨물어요. 긴장할 때나 부담스러울 때. "나 어금니 좀 깨물어야겠는데"라고 말할 때가 있는데, 제 친구 중에 치과 의사가 있거든요? 저를 치과적으로 놀리더라고요. 이번에 그 친구에게 책을 보내는데 애가 제목 보고 잔소리하겠구나 싶었어요. 제게는 육체적인 그 행동이 행복하지 않음을 기록하는 마음, 동시에 아름다운 우리 생의 체험이라고 사람들이 읽어줬으면 좋겠다, 했어요. 행복하지 않음과 아름다움이 연결될 수 있다는 것을요.

예지   제게 그 산문집이 재밌었던 건 시각적인 묘사가 분명하다는 지점이었거든요.

소연　네. 장면을 보여주고 싶었어요.

예지　특히 저는 꿈의 장면이 선명하게 실려 있는 게 신기했어요. 꿈이 어떤 것이고 꿈의 기록 방식은 어떤지 궁금했어요. 어떻게 시각적인 것들이 생생하게 글에 구현이 될 수 있는 걸까요? 단기간이 아닌, 오랜 기간 꿈을 수집한 사람의 책을 보는 느낌도 들었어요.

소연　이 산문집을 코로나 시대에 주로 썼어요. 저는 글 쓸 때에 경험하지 않은 이야기에 관해 떠드는 걸 별로 좋아하지 않아요. 제가 직접 경험한 것에서 출발해서 어디까지 가볼 수 있나 생각해요. 그런 걸 따져보니 경험치가 너무 적은 거예요. 맨날 줌 수업을 했다, 줌 회의를 했다, 인터넷만 봤다 이렇게 글을 쓸 수도 없는 노릇이고요. 사람을 듬뿍 만나고 더러 껴안고 침 튀기면서 가까이에서 얘기하고 이런 걸 안 해본지가 너무 오래됐더라고요. 내가 가장 열심히 한 경험이 무엇일까…. 그나마 꿈속에서는 열심히 경험이란 걸 했더라고요. 요즘 제가 주로 하는 경험에 대해 써달라는 청탁을 받고 쓰기 시작한 글인데, 제가 주로 하는 체험은 꿈이라고 결정하고 꿈 얘기만 집요하게 한번 써보려고 했었던 거예요.

팬데믹도 있고, 여러 가지 이유로 고립되는 경우들이 있잖아요. 저 같은 경우에는 엄마 병간호, 돌봄 노동을 하느라 그랬죠. 코로나가 극성일 때, 병원에 한번 들어가려면 PCR 검사를 받고 검사 결과가 나올 때까지 1박 2일을 못 들어갔어요. 이런 사태가 생기니까 완전 고립되어 사람을 안 만나는 게 낫겠다고 판단했거든요. 그런 고립 속에서 무엇과 접촉하지? 그때 꿈이라는 게 저는 인간에게 주는 선물 같다는 생각이 들었어요. 꿈을 꾸는 게 다행이고,

고립 속에서 무엇과 접촉하지?
그때 꿈이라는 게 저는 인간에게 주는
선물 같다는 생각이 들었어요.

재를 만나는 게 다행인데? (웃음)

예지　구체적이라 놀랐어요. 가령 꿈에 마스크 쓴 사람도 등장하지 않는다는 인식이요. 사실 저 역시 느끼고 있는 것인데 저는 무의식에 넣어두고 그걸 서술하지는 않거든요. 꿈에서 깨자마자 글로 옮기세요?

소연　잊히지 않는 꿈은 잊히지 않으니까요. 그리고 제가 어느 정도 그런 능력을 강화시켰을 수도 있죠. 특히 그 글은 꿈속에서 현실과 다른 지점을 리스트를 적어놓고 쓴 거예요. 친구들한테도 문자로 물어봤어요. 누가 그런 말도 하더라고요. "꿈속에서 나 머리는 빗어본 적 있는데 화장은 해본 적 없어. 로션도 안 발라봤어." 살면서 이토록 꾸밈 노동에 많은 시간을 허비하는데 꿈속은 참 단순하고 좋더라고요. 꿈에서는 화장도 안 했는데 왜 그렇게 예쁜 얼굴로 돌아다니는지.

예지　재밌다. 저는 꿈꿀 때 제가 없어요. 보통 제가 없거나 딴 사람이거나. 주체가 내가 아닌 경험이 더 많고 관조하는 경험들이 많아요.

소연　카메라를 많이 들어서 그런가 보다.

혜니　저는 무서운 꿈을 많이 꿔요.

소연　저도 예전에는 그랬던 것 같아요. 그런데 언젠가부터 무서운 꿈을 안 꿔요. 사는 게 너무 무서워서. (웃음)

예지　현실감이 당연히 주축에 있지만요. 여행지나 꿈에 대한 해설이 인상적이었던 것 같아요. 저는 그것들이 뭐랄까, 한 몸 같아서 분리되지 않고 바람같이 쑥 지나간 느낌이 들었어요.

소연   언젠가부터 사람들이 밑줄을 칠 만한 잠언적인, 아포리즘 스타일의 문장을 쓰지 않으면서도 내가 느낀 걸 어떻게 하면 전달할 수 있을까 고민했어요. 그러다 장면만 살리고 말을 멈추면 가능하지 않을까 생각하면서 작업했고요.

헤니   아포리즘을 왜 멈추려고 하셨어요?

소연   아포리즘도 일종의 규정이고, 가두는 것의 일환이라고 생각해요. 깨달음이라는 것 자체가 지나치게 소비되는 느낌이 들어서 거기에 합류하고 싶지 않은 마음이 컸고요. 시나 문학이 사실 문장 몇 줄로 이렇게 툭하고 깨달음을 쉽게 전달해줄 수 있는 게 아니잖아요. 깨닫기 직전의 가장 날 서 있고 어수선한 상태. 그런 상태를 낚아채서 남겨야 인간 본성을 계속 기록할 수 있는 거잖아요. 제가 생각하는 문학의 원칙에 충실하고 싶어요.

사실 아포리즘을 너무 쓰고 싶어요. 나도 깨달은 게 있으니까. 그럴 때 제가 '마음 사전' 같은 걸 쓰는 것 같아요. 애초에 정의를 내리는 사전 형식이니까, 정의 내리기라는 방식으로 규정하고 요약하는 문장을 쓰기로 약속된 방식인 거잖아요. 그런 문장을 쓰고 싶을 때는 그런 책을 내고, 저런 문장을 쓰고 싶을 때는 저런 책을 내고. 무슨 문장을 쓰고 싶은지 먼저 생각하고 책의 콘셉트를 정하는 것 같아요.

예지   소연 시인님에게 약간 무례할 수 있지만, 첫 시집 『극에 달하다』와 이번에 출간한 산문집 『어금니 깨물기』를 병행해서 읽어보았어요. 저의 정

서는 아무래도 『극에 달하다』와 가깝더라고요.

소연　지금 예지 님 나이 때에 쓴 거죠.

예지　어떤 작품을 더 선호한다기보다는 제 생김새 자체가 『극에 달하다』랑 더 가깝다고 느꼈어요. 어떤 과정으로 극에 달했다가 어금니를 깨무셨는지, 그 과정이 궁금하긴 했어요.

소연　같은 질문을 도서전에서 사인회 하다가 받았어요. 제 또래보다 조금 젊어 보이시는 분이 아주 낡은 『극에 달하다』 초판본과 『어금니 깨물기』를 새로 사서 갖고 오셨는데, 제 책을 따라 읽으면서 본인이 나이 들어가고 있다고 말씀하시더라고요. 고등학교 3학년 때 『극에 달하다』를 처음 읽으셨대요. 독자님도 나이가 들어가고 있는데 정녕 이런 과정을 이해 못해서 질문하시는 거냐니까, '어휴, 다 알죠.' 하시더라고요. (웃음)

예지　듣고 싶었을 것 같아요. 본인도 알 것 같아도 진짜 이 사람은 뭐라고 대답하는지.

소연　『극에 달하다』를 쓸 때에 내가 이렇게 날카롭게, 이렇게 어지르고 던지듯이 시를 써도 되나? 하는 검열이 없었던 것은 아니에요. 왜냐하면 그때는 서정시의 시대였어요. 그래도 첫 시집에서 내가 안 해보면 언제 해보나, 하는 마음이 있었어요. 제 나이를 의식했던 것 같아요. 20대라는⋯. 20대에 써서 30살에 낸 시집이기 때문에 이때만 해볼 수 있는 일일지도 모른다고 생각했죠. 실컷 해봤어요. 지금은 행복하지 않음에 대한 이야기를 하더라도 우울을 걷고 내적으로 척추가 단단한 사람의 문장이 나와야 한다고 생각해요. 왜냐하면 나는 그런 어른을 추구하니까.

예지　어른 안 힘들어요? 환기하고 빨래하고 건조하고 그래야 하잖아요.
안 힘든가.

소연　어른…. 힘들죠. 그냥 늙는 건 쉬운데 멀쩡하게 늙는 건
생각보다 어렵더라고요.

예지　집도 치워가면서 글 썼을 것 같아요.

소연　아니, 한숨 자고 썼죠. (웃음) 체력이 안 되니까. 구상을 해
둔 단계에서 곧장 책상에 앉아서 이행을 못하고 한 1시간 자고 나
서 써야 되고요. 젊었을 때만큼 총명하거나 영민하지 않고, 체력
도 좋지 않지만, 그렇지 않음을 크게 들키지 않기 위한 물밑 노력
들이 엄청나죠. 그래서 많이 일을 하고 싶지 않아요.

헤니　저는 얼마 전에 한의원에 갔다가 『마음사전』을 읽었는데, 사람들
이 평상시 생각하는 거랑 다르게 정의해주셔서 좋다고 느꼈어요. 정확하다
고도 생각했고요.

소연　종잡을 수 없는 감정을 프레임에 넣는 것이 목표라면 어
떻게 넣을까. 감정이 프레임에 갇혔다고 생각해보자. 보통 사람
들이 마음속에 스테레오 타입으로 가지고 있는 그 느낌에서 꺼낸
다. 오랜 세월 프레임에 갇혔던 감정을 한 작가의 손으로 그 프레
임에서 잠깐이나마 꺼내주는 그 순간이 단어에게는 그나마 해방
의 순간이니까 그래보자고 생각했어요. 그래서 프레임에서 꺼내
고 억지를 부리는 대목들도 있어요.

깨닫기 직전의 가장 날 서 있고 어수선한 상태.
그런 상태를 낚아채서 남겨야
인간 본성을 계속 기록할 수 있는 거잖아요.

예지 　진짜 프레임이다 보니까 사진 작업의 접근 방식과도 많이 닮은 것 같아요. 사전에 정의된 의미 그대로 마음에 드는 어휘도 있으세요?

소연 　이런 이야기를 들을 때마다 생각나는 단어가 있어요. 사랑이라는 단어를 사전에서 찾아본 적 있어요? 사전마다 다른데 제가 갖고 있던 사전에는 "중히 여기어 아끼는 마음" 이렇게 표현되어 있는 거예요. 초등학교 2~3학년 때였는데 아직 이걸 기억하고 있는 게 신기해요. 당시에는 중히 여긴다는 게 무슨 말인지 몰랐어요. 이제 좀 알 것 같아요. 그 사람 주관이 다 포함된 말이잖아요. 좋더라고요.

헤니 　저는 앤 카슨을 되게 좋아하는데 그 사람이 본인이 시인이 아니라 페인터라고 얘기하는 게 정말 와닿았어요. 직접 시 쓰시는 분으로서는 어떠신가요?

소연 　저도 비슷한 말을 하나 했어요. 저는 서기 같다고요. 꼭 그런 건 아닌데 자기 의견을 웬만하면 보태지 않고 한발 물러나 있는 것 같은 느낌. 그리고 무엇이든지 만났던 장면은 모두 기록하고 싶은 마음. 저는 그걸 접촉면이라고 표현하거든요. 제가 접촉한 면, 그 자체를 그대로 갖고 오고 싶은 마음. 저는 소위 말하는 시인은 못 되고 서기 같은 시인이라고 생각해요. 한발 물러나 있는 느낌 자체가 제 생애에서 저를 관통하는 중요한 키워드 같아요. 글을 쓸 때든, 뭐 할 때든.

예지 　위치 배정은 날 때부터 그런 거예요? 아니면 천성일까요?

소연 　그건 아닌 것 같고 저 혼자 환경 탓을 해보자면 늘 오빠 뒤에 서 있게 하는 엄마의 전략에 길들여져 있어서 그런 것 같기도 해요. 내가 앞에 나서면 꼭 혼나니까, 물러나 있는 게 안전한 자리라고 생각했어요. 그렇다고 해서 맨 뒤에 있지도 않아요. 약간 뒤에 있는 느낌이 얼마나 나한테 편안한지, 그걸 계속 체험하다 보니 웬만하면 앞에 나서는 것도 불편하고 그렇게 됐어요. 정신분석적으로 봐야 하는 측면도 있어요. (웃음)

혜니　　제가 정신분석학을 공부하고 있거든요. 조현병, 분열증 가진 사람들을 얘기할 때, 전면에 나서지 못하는 사람이라고 얘기해요. 전면에 나서지 못하고 뒤로 숨어 있어야 안전하다고 느끼는 사람? 저는 그런 상태가 바깥 사물과의 거리를 만들어서 시도 쓸 수 있겠다고 생각한 적이 있어요.

소연　　제 생각도 비슷해요. 내 자신이 은은한 광기 속에 놓여 있다고 여겨요. 미치광이들이 사회 속에서 살아갈 수 있게 해주려고 예술이 탄생했다는 지론을 어느 정도는 그럴 수도 있겠다고 받아들이고 있어요. 저도 그런 면에서 늘 간당간당한 부분이 있는데, 그렇다고 내가 꼭 완치를 해서 정상적인 인간이 되고 싶다는 욕망보다는 살짝 훼손된 채로 내가 뭔가 할 수 있는 것이 없을까 하다가 시가 딱 저한테 걸린 거죠.

혜니　　저는 『불안의 서』를 사놓고서 두꺼워서 아직 다 못 읽었어요. (웃음) 근데 서문을 쓰셨잖아요. 그때가 제가 처음으로 김소연 시인이라는 이름을 알게 된 계기였거든요. 너무 정확하게 다가와서 좋았어요. 그런 책을 읽으면서 이해하기까지 어떤 과정을 지나치신 건지 궁금해요.

소연　　페소아의 글들을 처음에 읽었을 때는 좀 짜증나고 싫었

한발 물러나 있는 느낌 자체가 제 생애에서
저를 관통하는 중요한 키워드 같아요.
글을 쓸 때든, 뭐 할 때든.

거든요. 그런데 3분의 1 정도 꾸역꾸역 읽고 들어가다 보면 진풍경이라는 게 있는 것 같아요. 숲처럼 곁에서 볼 때는 다 똑같아 보이는데 안으로 조금씩 조금씩 들어갈수록 잊지 못할 장면을 만나는 것 같은. 사람도 그렇잖아요. 안으로 들어가다 보니 그 사람이 남처럼 안 느껴지는 순간. '미친놈이네…' 이러면서 읽었는데도 남처럼 안 느껴졌어요. 제가 불편했던 체험이나 불편했던 감수성, 삭제하고 지나간 걸 되살려주더라고요. 그래서 내가 이런 일을 겪지 않은 게 아니구나, 알게 되면서 재밌게 읽었어요. 사람이 아주 특별한 경우, 엄청난 혜택과 특권을 부여받은 사람이 아니고서는 본인이 삭제해서 그렇지 불안을 경험하지 않았을 리는 없다고 생각해요.

예지　추천사를 쓰는 건 강도 높은 독서를 해야지만 할 수 있는 일이기도 하잖아요. 소연 시인님도 출간을 하게 되면 추천사를 받게 되고요. 양측에서 이런 경험을 하는 건 어떤 건가요? 팔짱을 끼는 마음?

소연　추천사마다 다른데 페소아의 『불안의 서』 같은 경우는 제가 미리 읽고 싶었어요. 책 나오기 전까지 못 참겠더라고요. 추천사 쓰는 사람의 특권이 그거잖아요. 번역자 다음으로 읽는 것. 그래서 추천사를 쓰기로 한 거고 나머지 추천사는 대체로 다른 사람 주기 싫은 마음에서 쓴 것도 있어요. 제가 거절하면 다른 사람이 이 추천사를 쓸 텐데… 한국어 판에서 이 저자 이름 뒤 내 이름이 함께 있었으면 좋겠어, 너무 영광이야, 그런 이유예요. 메리 루플이 그랬어요. 그 책이 사실 대단했다기보다 한국에 한 번도 소개가 된 적 없는, 나보다 조금 나이 많은 미국의 여성 시인이 어디

선가 쩡쩡하게 살고 있다는 게 좋더라고요. 유튜브 같은 걸 찾아
보면 그 사람 성격이 다 보이더라고요. 그 느낌도 좋았어요. 그럴
때는 악수하는 마음, "How are you?"를 건네는 느낌으로 쓰는 것
같아요.

예지　　그럼 추천사를 받는 경우는요?

소연　　저의 작품에 대해서는 숱한 워딩이 있잖아요. 독자의 블
로그, 댓글, 비평가들의 신문 기사. 그런 건 저에게 중요하지 않은
것 같아요. 읽을 때 잠깐 사탕 같은 것. 읽을 때 다디단 상찬의 말
들로 말해주면 좋죠. 감사하고. 근데 저격하는 말 중에 때로는 정
확한 말들도 있어요. 내가 꽁꽁 숨기고 남들이 못 읽어냈으면 좋
겠다는, 감춰놓은 나의 해결 안 되는 문제들을 꿰뚫는 말들. 그런
걸 읽고 굳이 겨냥하듯 말하는 글도 본 적 있는데요. 그런 글들을
보면 며칠 아파요. 그러다 좀 정신 차리는 것 같아요. 숨겨놓으려
고만 하지 말고 다시 생각하고, 생각하자 이러면서. 근데 괜찮은
경험이었던 것 같아요. 칭찬 들었던 순간보다.

예지　　쓴소리하는 그 각오가 힐난이 아닌 이상은 대단한 일이긴 하죠.

소연　　쓴소리를 정확하게 한다는 건 중요하고 소중하죠.

헤니　　저는 혼자라는 단어, 혼자라는 가치에 대해서 여쭤보고 싶었어요.
제가 계속 혼자라는 단어에 대해 어려움을 느껴왔어요. 사람들이 같이하자
고 할 때 오히려 저는 어렵더라고요. 혼자라는 게 어떤 의미인지 여쭤보고
싶었어요.

소연　독자생존이라는 단어와 연대감이라는 단어. 저는 이 두 단어에 좀 염증이 있어요. 개인주의와 독자생존을 바로 연결하는 오류를 이 세상에 떠도는 주장들에서 자주 목격해요. 개인주의의 좋은 면이 많은데요. 개인이 발명되기까지 인류가 얼마나 고생을 했겠어요. 그리고 연대감에 대해서 사회가 이렇게 합의하기까지 힘들었는데 연대감을 저런 식으로 써먹어도 되나 그런 마음도 크고요. 혼자가 뭐가 어떻다고 자꾸만 짝을 지어주려고 하고, 소속 집단에서 뭔가를 해야 한다는 의식을 주고…. 공생을 도모하면서 개인을 지우려고 하는 것에 대해 생각을 많이 했고, 이런 이야기는 사회가 이야기를 받아줄 느낌이 생겼다고 생각했을 때 본격적으로 하고 싶어요.

『마음사전』도 70퍼센트 정도 써놓고 7~8년 정도 묵혔어요. 왜냐하면 그 당시 명상, 마음 공부가 히트를 치고 있었거든요. 책이 그런 분위기에 흡수되어버리면 안 되는데 거기로 갈 것 같은 느낌이 있었어요. 전략이 아니라 의욕이 안 나는 느낌이어서 묵혀두고 있었는데, 출판사가 재촉할 때쯤엔 조금 다른 이야기가 오가서 출판을 했어요. 약간 물이 빗겨간 다음에 낸 거거든요. 그런 것처럼 발화했을 때 귀 기울여줄 만한 어떤 때가 온다면 제대로 읽게 하고 싶은 키워드 중 하나예요. 혼자에 대해서 인류가 탐구를 너무 안 하는 것 같아요. 개인이라는 단어도 발명된 단어잖아요. 그런 단어를 만들어놓고 나서 개인이라는 것을 얼마나 제대로 성찰을 했을까요. 개인이라는 단어를 어딘가에 자꾸 붙여버리지는 않는지 그런 생각을 계속해요.

헤니   요즘 일련의 사건들 안에서 혼자임을 존중받는 건 어렵다고 많이 느꼈어요.

소연   저는 시 쓰면서 몇 십 년이 흘렀어요. 이솝 우화에 까마귀가 나오잖아요. 까마귀가 까마귀인 게 싫어서 이 새 저 새의 깃털을 자기 몸에 꽂고 여러 가지 색깔이 있는 것처럼 보이려는 까마귀요. 제가 그런 까마귀라고 한다면, 시 쓴다고 시인 깃털 하나 갖고 있고, 여자라고 여자 깃털 하나 갖고 있고. 그런 식으로 깃털을 갖고 있는 것 같아요. 이 깃털들이 다 털려 나가고 까만 채로 살았으면 좋겠다고 생각해요. 그렇게 다 털린 채로 뭔가를 보고 싶다는 생각이 들어요. 황예지라는 사람을 제가 알게 됐을 때 황예지가 사진작가라는 면도 중요한 요소지만, 가끔 이거 빼고 황예지 나이도 빼고 이렇게 생긴 사람이라는 것도 빼고 그 사람 자체를 느끼고 싶다. 그런 생각이 누구를 만나도 크거든요. 사람들도 제가 시 쓰는 사람이다, 몇 살이다, 어떤 사람이다 이런 거 없이 나를 봐줬으면 해요. 여행지에서 모르는 사람 만났을 때처럼.

헤니   최근에 와닿았던 말이 본다는 것은 보고 있는 것의 이름을 잊어버리는 일이라는 것이었어요. 타이틀을 떼고 보면 더 잘 볼 수 있는 것 같아요. 언어로 인식하고 있는데 눈으로 보고 있다고 생각하기 때문에⋯.

소연   맞아요. 두 눈으로 딱 보는 걸 사람들이 크게 믿잖아요. 이게 얼마나 위험한 일인지 잘 잊죠. 사람들이 이름 뒤에서 다들 외로워하고 있을지도 몰라요.

헤니   연대하거나 무언가 같이할 때 혼자를 지켜본 경험도 있으세요?

소연   많아요.

헤니   알려주실 수 있나요?

소연   제가 올 10월에 서점 아침달의 큐레이터를 졸업했어요. 처음 시작할 때 5년 하고 그만하기로 했거든요. 오래 하면 고인물이 되고 나쁜 순환이 될 테니까요. 제가 "태어나서 좋게 관둔 적이 처음이다"라고 말했어요. (웃음)

뭔가 만들어서 일도 벌여보고 좋은 곳에 부름을 받고 소속감도 느껴보고, 10년 넘게 다양한 일들을 많이 해봤지만, 소속감을 느끼면서 질 좋은 체험을 했던 적은 거의 없었거든요. 처음엔 좋다가도 가면 갈수록 변해가요. 변해가는 과정에서 서로 성장했다, 변질됐다 느낄 수 있고 이견이 생겼을 때 해결할 방법이 없을 수도 있고요. 우리는 민주주의적인 방식이라며 다수결을 하잖아요. 매번 소수의 의견은 묵살되고. 저는 소수의 의견에 속해서 박차고 나오거나 등지고 그런 적이 많아요. 제가 생각할 때 우리는 소속감, 연대감이라고 하면서 '우리'라는 테두리 바깥에 있는 사람을 배제해요. 우리가 옳다는 사실을 강화하죠. 개인이 덩어리가 되어요. 저는 그 미개함에 대해서 할 말이 많은 것 같아요. 세력도 커지고 힘도 세지긴 했지만, 반복되는 오류를 잔뜩 범하고….

헤니   역시 나를 지키는 방법은 **탈출 버튼 누르는 방법뿐인가.**

소연   탈출 버튼, 취소 버튼, 거절하기. (웃음)

예지   그러고 난 뒤의 행동이 중요한 것 같아요. 취소 버튼을 누르고 지켜볼 것이냐, 멀리 떠날 것이냐 등등의 방법이 있잖아요. 이 책을 위해 활동가 한 분이랑 인터뷰를 했는데 연대에 대한 이야기를 많이 나눴어요. 그쪽에서 일하다 보면 연대보다는 연대 실패를 많이 목격하잖아요. 그 실패에 대해 이야기하는 게 더 중요한 것 같다고 느꼈어요. 저는 연대는 어찌 됐든 실패하는 구조를 향한다고 생각해요. 활동도, 지키는 일도 개인이 하는 것이고 그 개별성, 유약함이 주되게 이야기되어야 하는 것 같아요. 강건함, 연대라는 것이 부풀려진 단어처럼 느껴져요.

소연 저는 그 사람들이 연대 실패담만 모아서 콘텐츠로 정리를 좀 해줬으면 좋겠어요. 내부 갈등, 내부 고발. 실패의 경험담을 숨겨버려야만 노이즈가 안 생기니까 삭제하면서 가는데, 사실은 그걸 공유해야 우리가 더 성숙한 다음 스텝을 생각할 수 있으니까요.

헨조이 나침반처럼 삼아온 가치가 있으신가요?

소연 나를 바꾸며 살아야 한다는 것 한 축과 하나만 잊지 말자는 것 한 축이 있어요. 그 하나는 시대에 응전력 있는 말과 행동을 해야 한다, 글을 써야 한다는 것이고요. 어떤 때는 트렌드로 파악하기도 하고 어떤 때는 정치적 이슈로 파악하기도 하면서, 이 시대를 두루두루 살펴보며 작업을 하자고 생각해요. 응전, 이 하나의 단어를 품고서요.

예지 시대상을 발견하고 관찰하는 것은 제대로 필터링을 거치지 않으면 삐뚤게 도착하는 경우가 많잖아요. 수량도 많고 작품도 많고 정보도 많은데…. 어떻게 하면 나를 지키면서 그런 걸 꼭꼭 잘 씹을 수 있을까요?

소연　발 빠르게 할 수 있는 분야가 있죠. 문학은 발 빠르게는 안 되는 것 같고요. 발 빠른 것들을 보면서 배우는 것이 있어요. 내가 하고 싶은 이야기가 이런 키워드겠구나 하고요. 책이나 다큐멘터리 같은 소스에서 많이 찾는데요. 그중에서 내가 할 수 있는 것을 파악해요. 하고 싶은 걸 다 하려고 하지 말고 책임질 수 있는 것만. 작은 이야기든, 조금 뒤처진 이야기든 손에 꼭 쥐고 해보자고 생각하죠. 어느 정도의 타협일 수도 있고 성격일 수도 있는데, 책임 못 지는 이야기를 하는 거 너무 싫어해요.

헤니　어떤 부분을 계속 바꾸고 싶으세요?

소연　큰 흐름을 잘 보는 편이에요. 패턴이라고 해야 되나. 한 사회가 밀물, 썰물처럼 이동하고 변화하는 게 글을 30년 넘게 쓰고 있으니까 읽히더라고요. 금방 죽는 패턴이 어떤 건지, 질 좋은 쪽으로 진화할 수 있는 패턴이 어떤 건지 모르지 않는 것 같아요. 그런 걸 계속 지켜보면서 공부해요. 인류가 진화하고 있는 것이 분명하다는 포착을 하고 싶은 것 같아요. 공부해야 한다고 생각해서 공부하는 게 아니라 궁금해서요. 호기심 때문에 공부를 많이 하는 것 같아요. 책 읽는 시간이 제일 많죠.

예지　호기심은 체력전 아니에요?

소연　호기심은 본능인 것 같아요. 본능적으로 동하면 체력을 아낌없이 쓰고 싶어지기도 하니까요. 책도 많이 사는데 읽다가 실패한 책도 많고요. 책을 누가 권해서 사는 게 아니라 제가 고르거든요. 모든 분야 다 들춰보면서. 형식만 그럴듯한 책이 엄청 많아요.

예지   독서 실패담 듣고 싶다. 실패한 이야기 들려주세요.

소연   키워드 중심으로 파도 타듯 하는 독서라서 거의 실패한다고 봐야 할걸요? 겨우 실패하지 않았다고 생각한 책들은 그래도 예지 씨께 권해왔던 것 같아요. 요즘 사람들은 누구한테 주워 듣고 책을 보지, 한 번도 들은 적 없는 책을 골라서 잘 읽지 않아요. 결국 그게 안목 없음을 낳고요. 안목이 없으니 휩쓸리고 남들이 좋아하는 것을 계속 좋아할 수밖에 없고 따라 하는 처지, 흉내 내는 처지가 되죠. 이것이 악순환되면서 문화가 소비되고 있다고 생각해요.

시집 가지고도 그거 좋다는데 제가 읽어보니 별로였다며 학생들이 말하곤 해요. 그럼 저는 도서관 시집 코너에 가서 누가 별로라고 말했든, 들어본 적 없든 뽑아서 보다가 내 느낌이야 하는 경험, 한 번쯤 그렇게 시집을 골라본 적이 있어야 하는 거 아니냐고 물어봐요.

예지   초등학생 때 이후로 그래본 경험이 없는 것 같아요. 자발적으로 큐레이션 하는 거.

소연   사진에 대해서는 제가 그래요. 제가 예지 씨한테 좋은 사진이 도대체 어떤 거냐고 물었거든요. 제가 안목이 없는 거예요. 외국 사진작가가 전시해서 가보면 예쁘장해요. 근데 어떤 느낌을 전달받는지는 잘 모르겠더라고요. 젊은 사진작가들 사진을 보면 너무 매끈하거나 조야하고요. 제가 뭘 원하는데 못 찾겠는 거예요. 그건 제가 주워들은 걸로만 사진을 알고자 했기 때문인 것 같아요.

혜니   읽고 나서 내 세계가 깨지는 경험을 줬던 작가가 있나요?

소연   한 번 크게 와르르 깨지는 경험을 하게 해준 경우는 쉼보르스카였어요. 쉼보르스카를 읽고 문체가 세련되지 않아도 가공이 좋다고 느꼈어요. 그전에는 세련된 문체를 최고라고 생각하고 문체가 단련되지 않은 느낌이 들면 저에게서 미끄러져 갔거든요. 쉼보르스카에게는 기어이 해내는 어떤 정신력이 있어요. 좀 놀라웠던 것 같아요. 한발 떨어져서 시인이란 정체성에 매몰되어 있던 저를 꺼내준 느낌이었어요. 그 사람이 어쨌든 그 당대에 폴란드에서 여성 시인으로 그렇게 살았다는 것, 실험성도 없이 그렇게 버텨냈다는 것 자체가 그 사람이 얼마나 뚝심 있었는지가 전달되는 면이 있어요.

예지   그 충격을 받았을 때가 언제였어요?

소연   마흔 살 전후였을 때예요. 잊지 않고 기억하고 싶은 것 중에 하나, 깃발처럼 세워놓고 싶은 사람 중에 하나예요.

예지   한국 시집에서 비슷한 체험을 하신 적은 있으세요?

소연   최승자 시인의 첫 시집을 보고 깜짝 놀라 했던 것 같아요. 이래도 되는구나, 이런 느낌. (웃음) 김혜순 시인, 김언희 시인도 그래요. 저 힘이 어디서 나오는지 놀라워요. 너무 독종처럼 쓰는데 50년대생이란 말이에요. 있을 수 없는 일, 불가능함을 하고 있는 거예요. 젊은 친구들이 봤을 때는 김이 샌 느낌을 받을지도 모르겠지만, 제가 보기엔 작품에서 미친 기운이 막 흘러나오단 말이에요. 한 인생 자체에서 뭘 지키고 뭘 포기해서 얻은 질감일지 많이 상상하고 배우려고 하죠.

혜니   저는 김혜순 시인의 『죽음의 자서전』도 좋았어요. 여성성을 목격한 사람들은 꼭 글에 카메라가 나온다는 구절이 있었는데, 본다는 것과 이야기가 이어지는 것 같고 재밌었어요.

소연   이번에 새로 나온 김혜순 신작 『지구가 죽으면 달은 누굴 돌지?』에 이런 시가 있어요. 엄마는 배신자야, 첫 번째는 나를 세상에 낳아서, 두 번째는 나를 두고 가버려서 이런 식으로 말해요. 이런 말을 90년대생이라면 할 수 있어요. 그런데 1950년대에 태어나 자기 딸을 시집 갈 나이가 되게 키운 어른의 입장에서 과연 할 수 있는 말일까…. (웃음) 얼마 전에 김혜순 선생님을 어떤 자리에서 뵈었는데 두 시간만 앉아 있어도 쓰러질 것처럼 힘들다고 하시더라고요. 두통에 늘 시달리고요. 자기를 너무 소진시켜서. 그런데도 시 쓸 때는 그런 미친 기운을 내는 거죠.

혜니   저는 앨렌 식수를 좋아하는데 그분도 나이가 많은데도 1년에 책이 꼭 한두 권씩은 나오더라고요. 아이도 있으시고.

소연   자기가 했던 말을 하고 또 하고 그러면서 쓰는 거죠. 리베카 솔닛도 작품이 한국에 빨리 번역돼서 지켜보고 있는데, 자기가 했던 얘기를 또 하고 그래요. 재탕이라고 하죠. 그래도 시대의 응전력이나 변모된 자신에게 맞게 다시 쓰고 버전업 하는 작업들이죠. 장하다, 용하다는 생각이 들어서 너무 존경스러워요. 우리는 어떤 한 창작자가 평생 무슨 짓을 해왔는지 그걸 수행성의 태도로 바라보는 시점이 부재해요. 평가할 때 관용도 중요한 요소가 되는 거죠. 예를 들면 최승자 시인의 새 시집이 나오면 그 시집이 싱겁다고 느끼겠죠? 젊은 남자 비평가들이 그 싱거움을 엄청나게 비판해요. 그런데 그럴 일이 아니라 그 사람이 죽을 때까지 시를 안 버리고 계속 쓰는 행위 자체를 주목해볼 필요가 있어요. 이것은 어떤 종류의 버티기인지, 어떤 종류의 생존 신고서인지.

예지　　젊은 사람들에게 전해주고 싶은 말이 있으세요?

소연　제가 이야기를 할 필요가 있나. 무슨 얘기를 해줘야 하는지…. 암담하다. (웃음) 앞에 계신 분한테 해주고 싶은 이야기로 줄여볼게요.

헤니　　예지 씨 오래 보셨잖아요.

소연　오래 보지도 않았어요. 엄청 현실적인 얘기해도 돼요? 황예지는 유학을 가야 합니다. 너무 원대하고 멋있기 때문에 지금 커리어로는 안 됩니다. (웃음) 유학을 가세요. 아주 명문대로 갔다 오십시오. 그래서 판을 바꿀 수 있는 큰 힘을 갖고 돌아오셨으면 좋겠어요. 한국 사회가 창작자를 위치 매김하는 방식이 뻔하니까 하는 얘기고요, 하고 싶은 거 다 했으면 좋겠어요. 요리, 시, 글쓰기, 뭐든 경계를 지우면서 새로운 것을 해요. 정말 새로운 것을 할 수 있는, 그런 세대가 출연했으면 좋겠다고 생각했어요. 다들 자기 분야밖에 모르는 바보로 사는 것 같아서요. 자기 분야에선 똑똑한데 좁은 영역 바깥에서는 기초상식도 없는 경우가 너무 많잖아요. 그래도 되는 줄 알고요.

예지　　그럼 어떻게 늙고 싶으세요? 장면적 서술도 좋아요.

소연　　다른 나라에서 살다가 죽고 싶어요. 춥지는 않았으면 좋겠어요. 슬리퍼 신고 반바지 입고 나시 입고 돌아다녔으면 좋겠어요. 할머니가 되었을 때 계속 글 쓰고 한국 사회에서 이렇게 비비크림 바르고 나타나는 거 말고 햇볕 많이 쬐어서 얼룩덜룩 기미 있는 얼굴로. 시커멓게 얼굴이 타서 털털 돌아다녔으면 좋겠어요. 한 손에는 파인애플 같은 게 있었으면 좋겠고.

예지　　껍질 잘린 거 말고요? 가방의 촉감은요? (웃음)

소연　　너덜너덜한 장바구니였으면 좋겠어요. 그런 느낌으로 살고 싶어요. 제가 그런 순간을 늘 좋아하고 시간을 만들어서 많이 누리려 해왔던 것 같아요. 물가가 싼 나라에서 한 달씩 지내고 그랬죠. 한 달씩 지내는 게 아니라 마지막을 그런 식으로 보내는 꿈을 늘 꾸게 돼요.

혜니　　시작점으로 돌아가지 않는 결말이어서 좋은 것 같아요.

우리는 하나하나에 대해서 정교한 평가를 하려고
들지만, 어떤 한 창작자가 평생 무슨 짓을 해왔는지
그걸 수행성의 태도로 바라보는 시점이 부재해요.
평가할 때 관용도 중요한 요소가 되는 거죠.

김소연을 위해 짓는 요리

찻잔 (자완무시)

ingredients.

1. 달걀 4개
다시물 100-120ml
소금, 설탕
요리용 술 조금

2. 고명
백명란 1개
대게 다리살 조금
껍질 깐 은행 4알
참송이 또는 표고버섯 1개
영양부추 한 줌
들기름

how to.

1. 냄비에 다시마, 디포리를 넣고 다시물을 끓인다. 취향에 따라 가츠오부시나 황태 머리 등을 넣어 맛과 향을 더한다. 적당히 식힌 다시물을 달걀물에 섞어 소금, 설탕, 술로 간한다. 맛을 본 뒤 촘촘한 체에 한 번 내린다.

2. 단정한 찻잔에 준비한 달걀물을 적당히 채워 편편한 찜기에 올려 9~10분간 찐다. 뚜껑을 열고 표면에 고명을 올려서 한 뜸 더 쩌낸다. 고명에 들기름을 살짝 발라 윤을 낸 뒤 정갈하게 썬 부추를 올려 마무리한다.

recommend.

소연 님과 대화를 나눌 때, 그 장소에 과하지 않은 온기가 자리 잡았습니다. 그가 나눠준 단어와 어휘 들이 정제되어 깨끗하다고 느껴졌고, 자연스레 서서히 익히기에 더 부드러운 촉감을 가지는 정갈한 모습의 자완무시를 선택하게 되었어요. 직접 이 음식을 만들어 먹었을 때에도 그날 나눈 대화의 분위기가 떠올랐습니다.

단정한 찻잔에 계란물을 채워

뜨거운 김에 쪄서 굳힌다

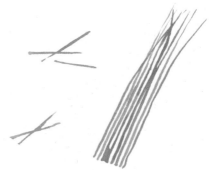

미세하게 흔들리는 매끈한 표면에

계란의 향과 어울리는 재료를

정갈하게 올린 뒤

한소끔 더 쪄낸다

건강한 관계 맺기에 대한 고민

정아람

활동가

예지 우선 자기소개 부탁드려요.

아람 저는 대학원에서 공부를 하고 있어요. 대학교 다닐 때는 국어국문학을 공부했었고요. 대학원은 인류학을 택했어요. 사회, 과학, 문화예술이 융화되어 있는 점이 좋았어요. 대학교 졸업하고 나서 한 10년 정도 사회 활동을 하고 일한 경험을 바탕으로 이 학과에 들어가야겠다고 생각하게 되었죠.

그 10년 동안은 시민단체에서 청소년들을 대상으로 나눔, 공유에 대한 수업을 기획해서 진행했었고, 의정부에 있는 꿈틀 자유학교 라는 대안학교에서 인문학 수업을 했어요. '더북소사이어티'라는 예술 서점에서 매니저로 일하기도 했고, 2019년부터는 청계천 을 지로에서 재개발 문제로 강제 이주하게 된 상인 분들과 함께 이 주 대책을 마련하는 활동을 했어요.

저는 특정한 사람들을 만나서 함께 고민하고 얘기를 나누면서 뭔 가를 해결하거나, 아니면 새로운 가치를 발견하게 되는 그런 현 장에 있었던 것 같아요. 사회적인 문제를 사람들과 경험하고 그 게 우리들에게 어떤 의미인지 발견하고, 다시 이 사회를 변화시 키는 데 필요한 이야기를 만들고 싶었어요. 그래서 인류학이 그 현장에 대한 연구를 할 수 있는 방법이고, 현장에 대해 다양한 관 점을 제시해주는 학문이기 때문에 공부해보고 싶었죠. 인류학이 저한테 일종의 무기 같은 것을 쥐어줄 수 있지 않을까 생각해요.

헤니 활동가라는 명칭을 본인은 어떻게 생각해요?

아람 활동가 유형이 되게 다양한 것 같아요. 장애인 인권, 장애 인 이동권을 두고 투쟁하는 현장에 계시는 활동가 분들은 정책,

예산 정책에 관해 굉장히 구체적으로 연구하고 제시하잖아요. 제가 처음에 시작했던 활동은 문화적인 특성을 가졌던 것 같아요. 문화 교육적인 것이요. 청소년들에게 "우리 같이 바꿔야 돼, 이거 해야 돼"라고 할 수는 없는 거고, 우리가 왜 나누고 공유해야 되는지 그것이 어떤 의미인지에 대해서 질문하고 생각하게끔 권한 거죠. 당연히 현장 안에서 직접 물리적으로 대치할 때도 있는데, 이를테면 철거 현장에서 세입자들에게 철거 용역들이 와서 나가라고 강제로 쫓아낼 때는 그걸 막아야 하니까 몸으로 대치하고 저도 목소리로 높여서 엄청 소리 지르고 그러는데요. 제가 친밀감을 느끼는 분야는 문화적으로 대화를 나누는 현장이에요. 대화를 함으로써 배움의 계기가 되는 현장. 그런 점에서 활동가이긴 하지만 좀 더 기획자 쪽에 가깝다는 생각이 들어요.

예지　사회운동이라는 것을 본인의 일로 만드는 게 쉽지 않다고 생각하거든요. 그게 교육자로서든, 참여자로서든요. 아람 님이 어떤 계기로 그쪽으로 가게 되셨는지 궁금해요.

아람　헤니 님도 오셨던 두리반 투쟁이요. 2010년 무렵이었던 것 같아요. 연대라는 게 대체 뭐고 내가 왜 이걸 해야 되는지 막막해 하고 있던 때가 있었어요. 두리반 투쟁은 제가 좋아하는 음악가들이 일종의 통로가 되어 두리반 사장님들의 강제 퇴거 문제를 알렸어요. 그곳에는 제가 몸을 움직여서 갈 수 있었어요. 음악가들이 없었다면 저는 계속 주춤하거나 어떻게 현장으로 갈지 고민했을 것 같아요. 세입자인 두리반 사장님들이 강제 퇴거당하는 걸 보고 음악가들은 자신들이 홍대 공연장에서 무일푼으로 공연

제가 생각한 연대는 문제가 무엇인지 공감하고
동의한 누군가가 당사자들의 옆에서 그 문제를
함께 헤쳐 나가는 것, 그 관계라고 생각해요.

하고 전전하는 것과 다르지 않다고 말하면서 연대하고 그걸 매주 공연으로 풀어냈거든요. 그곳에 가면 공연만 보는 게 아니고 상황을 직접 보고 듣게 되잖아요. 아직도 기억이 나는 게, 그때 당시 글을 쓴 게 있는데 연대가 대체 무엇이냐, 내가 왜 이걸 해야 되냐 질문했어요. 나는 당사자가 아닌데도 불구하고 왜 나의 시간을 이 공간 안에서 쓰게 되는 걸까, 라는 질문을 많이 했죠.

헤니   연대해야 한다는 건 좋은 거잖아요. 약한 사람들과 같이 서주는 것. 저도 두리반도 갔었고 이곳저곳 갔었는데, 그때는 연대가 너무 당연하게 느껴졌어요. 오히려 이후에 연대라는 이야기가 직접적으로 나오면서부터는 받아들이기가 힘들었던 것 같아요. 개인이 자꾸 지워지는 것 같아서요. 그 당시 제가 좋아했던 건 공명이었어요. 아람 님은 연대에 대해서 그때부터 지금까지 고민하시고 연대하는 방식으로 계속해서 살아오신 거잖아요.

아람   헤니 님이 말씀하신 지점들 때문에 저도 잘 못 가게 되는 때도 있어요. 외부에 시선을 두기에는 제 내면이 온전치 않아서 거기에 서 있는 것 자체가 부담이거나 나를 방어하는 식으로 그 현장을 받아들이게 되면, 현장에도 안 좋지만 나한테도 안 좋은 거여서 그럴 때는 일단 중단해요. 제가 생각한 연대는 문제가 무엇인지 공감하고 동의한 누군가가 당사자들의 옆에서 그 문제를 함께 헤쳐 나가는 것, 그 관계라고 생각해요. '청계천을지로보존연대' 활동을 하면서 그 역할을 제 동료들과 했던 것 같아요. 문제는 그 당사자만이 풀 수 있는 건 아니라고 생각해요. 그리고 당사자이기 때문에 못 보는 것들도 있으니까요.
청계천, 을지로에 제조업 상공인 분들이 계신 곳이 재개발 구역으로 지정되었는데, 세입자 입장에서 올바른 이주 대책에 관한 정보를 행정기관으로부터 제시받지 못했거든요. 그런데도 그것을 받아들일 수밖에 없는 상황이었던 거예요. 이게 꼭 받아들여야만 하는 것도 아니고, 정책가들이 잘못 짜놓은 것이라는 걸 알려드리려고 상징적으로 한 몸이 되었어요. 그 매개의 역할을 한 것이 이제 '청계천을지로보존연대'라는 이름으로 활동하는 사람들, 그리고 그들과 함께하는 더 많은 시민들이었고요.

이 과정에서 발견한 것은 하나의 목표를 가지고 대응해나가면, 서로 갈등을 겪음에도 불구하고 서로의 방식을 배워나간다는 것이었어요. 50~60대의 제조업, 서비스업 상공인 분과 20~30대 활동가가 가진 능력이나 대응 방식이 각기 달랐는데요. 결국 연대라는 건 공동의 몸으로서 어떤 문제를 해결해나가는 과정으로, 그 안에는 많은 엇갈림과 분쟁, 갈등이 있지만 그걸 조정해가는 과정이기도 하고 삶의 지난한 과정 중에 하나일 수도 있죠.

외부적으로 봤을 때는 이들이 같은 목소리를, 같은 몸으로서 외치기 때문에 하나의 집단처럼 보일 수 있지만, 사실 그 안에서는 충돌이 일상적으로 일어나고 서로를 이해하는 과정을 거치면서 다듬어지게 된다고 해야 할까요. 그래서 연대하는 집단 안에서도 개인성이 여전히 중요한 문제인 것 같아요. 개인성이라는 건 취향 문제일 수도 있지만, 그 사람이 갖고 있는 사회적인 위치도 작용하니까요. 이를테면 현장에서 여성이자 비건인 사람으로서 겪게 되는 충돌 지점이 많을 수 있죠. 개인이 소수자성을 갖고 있는 상태를 어떻게 존중하면서 함께 해나갈 것이냐가 그 조직, 공동체 안에서 또 하나의 중요한 화두가 될 수 있다는 것. 헤니 님 말

처럼 집단이 더 우선시되는 공동체라면 소수자성을 지우는 방향
으로 집단이 움직일 수 있을 것 같아요. 그럴 경우에는 저도 올바
르다, 정당하다고 생각하지는 않는 편이에요.

예지   많은 종류의 활동과 많은 종류의 연대가 인정되기 시작하면 풍족
해지지 않을까 생각해요. 다르다고 힐난하는 방식이 아니었으면 해요. 작업
때문에 5·18 민주화 운동 때 활동하셨던 분을 만난 적이 있는데요. 그분은 로
케트 배터리에서 노조 활동을 하시던 분이었는데, 저한테 그런 말씀을 하시
더라고요. 그 당시 선언문을 쓰거나 교육 받고 스피커가 된 사람들의 활동이
지금까지 주로 언급되지만, 본인은 후세대들이 그때 노동자들이 무엇을 했
는지 기억해주면 좋겠대요. 그 전날까지도 노조 교육을 하던 자신들을. 글을
못 쓰는 사람들도, 집결지의 여성들도 다 각자만의 투쟁을 하고 있었다고요.
집결지에 계시던 분들은 주로 시체 염을 했대요. 저는 그때 뜨끔하면서 듣고
왔거든요. 기록이 세운 사람들은 이미 많은 조명을 받았으니 뒷자리를 보는
작업을 하라고 말씀하셨는데 그때 세게 맞은 기분이었어요. 나조차도 미디
어에서 조명하는 것처럼 사안을 보고 있더라고요. 여전히 그럴 테고….
그걸 좀 고쳐보고 싶어서 재작년부터 작업은 잠시 미뤄두고 공부했거든요.
글을 공부한다거나 여태까지 있었던 일들을 정리한다거나. 그런 거리두기
의 경험도 필요한 것 같아요. 보통 연대할 때 거리를 두면 안 된다고 느끼잖
아요. 저는 거리를 둬야만 보이는 것들이 있는 것 같아요.

헤니   다들 자기를 잃어버려서 남과 밀착돼야 관계가 있다고 느끼는 것
같아요. 오히려 밀착되면 관계도 없잖아요. 저희가 이런 이유 때문에 다른
사람들에게는 혼자라는 게 뭔지 궁금했던 것 같아요.

아람　자기를 잃을 만큼 거리가 가깝다라는 점을 말씀해주셨는데요, 자기의 일상에서 모든 활동의 반경을 현장으로 중심으로 삼는 분들도 계세요. 그런 활동가는 밀착의 방식으로 활동의 의미를 찾으려는 것일 수도 있을 것 같아요. 자신이 품은 가치가 현장 안에서 온전히 실현될 수 있다는 열망이 강하기 때문에 그렇게 할 수 있는 것이겠죠.

저의 경우엔 저의 관점으로 현장을 바라볼 수 있는 상태, 일종의 건강한 관계 맺기가 가능해야 함께할 수 있는 것 같아요. 현장에서 함께 의제를 만들고, 그 의제가 정책에 반영되도록 활동하면서도 생계 일로 현장 참여가 어려워져서 동료들에게 부담을 주게 되면 부채감이 쌓이더라고요. 현장에서 하지 못하는 일에 마음 쓰기보다 현장을 통해서 하고 싶은 게 무엇인지를 알려면 다른 전환이 필요했어요. 그 때문에 공부를 더 해야겠다는 생각을 하게 됐어요.

현장을 가야 하는 이유는 그곳이 그들의 이야기를 들을 수 있는 유일한 공간이기 때문이라는 것을 인류학을 통해서 요즘 배우고 있어요. 인류학자는 연구 대상이 어떤 상황에서 어떻게 행동하는지 관찰을 해야 하고, 그런 행위가 어떠한 사회문화적인 이유를 함의하고 있는지를 알기 위해서 인터뷰도 해야 하거든요. 다양한 접근 방법을 동원해서 그 현장을 살아가는 이들의 경험을 이해하고자 해요. 그리고 그것이 무엇인지 구체적으로 그려보기 위해서는 자기만의 연구 공간 같은 물리적으로 떨어져 있는 곳에서 거리를 두고 다시 돌이켜봐야 하고요.

페미니스트인 연구자가 어느 50~60대 남성이 다방 여성 사장님

연대하는 집단 안에서도 개인성이 여전히
중요한 문제인 것 같아요. 개인성이라는 건
취향 문제일 수도 있지만, 그 사람이 갖고 있는
사회적인 위치도 작용하니까요.

한테 성적으로 함부로 대하는 모습을 본다면 비판할 수밖에 없는 데, 거기서 멈추기보다는 다방 사장님이 그 행동을 용인하게 된 사회적 맥락이 무엇인지, 사장님의 태도가 정말 용인한 게 맞는지를 다방 사장님의 관점에서 이해하려는 노력이 필요해요. 인류학자는 자기 관점을 정치적으로 옹호하기 위해서 현장에 가는 게 아니고, 오히려 현장에서 벌어지는 상황을 다층적인 맥락에서 읽어내고 살피는 일을 하더라고요. 자기 관점마저도 성찰하면서요.

예지   저는 수원 성매매 집결지 기록 촬영을 맡은 적이 있었는데요. 그곳엔 정말 많은 여성들이 있었고, 억압적인 분위기와 가족적인 분위기가 두루 있었어요. 성노동이냐, 성매매냐 그 단어를 두고 싸움을 하는 걸 봐왔는데, 집결지를 한 바퀴 돌아보면 그런 얘기를 나누는 게 어렵겠더라고요. 어떤 한 관점이 그것을 해석하는 유일한 도구가 되면 위험한 것 같아요. 경위를 파악하지 않은 채 그 관점만을 계속 얘기하다 보면 권력밖에는 안 되는 것 같아요.

아람   사회구조의 해법을 위해서는 단일한 의제가 필요하지만, 그 의제가 정책으로 구현될 때조차 사각지대가 생기는 것 같아요. 이를테면 "도심 제조업 산업 생태계를 회복해야 한다"는 의제를 시민사회에서 목소리 냈어요. 오랜 고투 끝에 행정기관이 이를 받아들여서 재개발구역의 일부 제조업 상공인들에게 재정착 상가를 제공하는 계획을 발표했죠. 시행사가 퇴거를 종용해서 이미 지역을 떠난 분들이 많았지만, 남아 계신 분들을 위해서라도 필요한 결실이었어요. 그런데 현장의 산업생태계는 제조, 유통 상공인뿐만 아니라 그분들을 말 그대로 먹여 살리는 식당, 다방, 매점 같은 생산직 서비스업 상인들과의 관계 또한 포함하는 것이거든요. 하지만 행정은 산업분류표의 제조업 코드에 해당하는 상공인들에 한해서 이주 공간을 마련했어요. 시민들이 강력하게 문제를 제기했지만, 서비스업 상공인들은 이주 공간을 보장받지 못해 폐업하거나 임시 공간에서 단기로 영업하거나 스스로 다른 곳을 찾아 가셨고요. 분명해 보이는 의제, 관점, 목소리로도 다 드러날 수 없는 어떤 존재들과 이해관계가 현장 깊숙이 웅크리고 있어요.

헨조이 이제 개인적인 이야기도 나눠볼까요. 혼자 있을 때는 주로 뭐하세요?

아람 따로 뭘 하는 게 없는 것 같아요. 요새 고민 중에 하나인데 멍 때리는 시간이 없더라고요. 월요일부터 수요일까지는 학교 수업이 있는데, 수업을 들으면 7시에 끝나거든요. 끝나고 집에 오면 수업 준비 때문에 잠을 못 자고 그래요. 목요일, 금요일은 10시부터 7시까지 일을 하고요. 주말에는 애인을 만나요. 운 좋게도 학교를 다니면서 일을 해서 생계는 지탱이 되고 있는데, 문제는 좋아하는 걸 하거나 안심할 수 있는 시간의 틈이 많지가 않아요. 일터에 가지 않는 시간에도 머릿속으로 일을 생각하고 염려하게 돼요. 개인적으로 큰 문제예요.

예지 불안 지수가 높은 걸까요? 불안 지수가 높으면 혼자 있을 때도 사실 혼자 있는 게 아니라서요. 불안을 삼키는 거지. 불안 지수 높은 사람은 불안이 크다고 인정만 해도 많이 나아지는 것 같아요.

아람 네, 저 불안 지수가 엄청 높아요. 그런데 스트레스의 가장 큰 요인은 잘하고 싶은 마음 때문인 것 같아요. 실수를 용납 못

하는데 그게 제 안의 큰 벽이에요. 일을 하면서 실수는 당연히 할수 있잖아요. 행정, 회계 처리를 하다 보면 당연히 실수하거나 오류가 날 수도 있는 건데, 저는 그렇게 오류가 한 번 나면 그걸 올바르게 다잡는 게 어렵더라고요. 못한 것들에 대해서 복구할 생각조차도 못하고, 처음부터 한 번에 다 잘해야 한다는 생각이 너무 강해요. 어떤 일들이 밀려 있을 때도 그래서 계속 고민을 하게되는 것 같고요.

헤니   저도 그래요. 아무것도 못하는 완벽주의 성향. (웃음) 주변에서 용납을 안 하니까 당연한 것 같아요. 실수에 즉각적인 반응이 오잖아요. 용서를 잘 안 해주고.

아람   그래도 요즘은 힘들고 못 하겠다고 느끼면 얘기를 하려고 하는 편이에요. 힘 빼는 연습 같은 걸 많이 해야 할 것 같아요.

예지   힘들 때는 주변의 도움을 많이 받아야 하는 것 같아요. 원래 저는 그럴 때 혼자 다 책임지려고 하는 편이었는데, 주변에 도와달라고 손 뻗는 사람이 진짜 강한 거라고 누군가가 알려주더라고요. 힘들 때는 앓는 소리, 죽는 소리도 해보고 그러라고요.

아람   나는 다른 사람한테 의존하는 것 자체를 생각하지 못하는구나 하고 깨달았던 계기가 있어요. 작년에 동료가 코로나 확진이 되어서 한 2주간 자가 격리를 해야 했어요. 그런데 저와 같이 사는 친구는 그때 개인전 개막을 앞두고 있는 상황이었기 때문에 자가 격리를 하면 안 되는 상황이었어요. 그래서 저는 제 작은 방 안에서 대부분의 생활을 해야 했고, 자연스레 친구가 저의 삼시 세끼를 챙겨줬어요. 친구가 밥 때가 되면 밥을 챙겨주고 설거지도 하고 그랬죠. 저는 그 당시의 경험 이전까지는 선을 긋고 지냈던 것 같아요. 위기 상황이 생기면 경우에 따라 제가 남을 챙기고 돌봐야 하는 때도 있고, 반대로 돌봄을 요청해야 하는 때도 있는데, 저는 그저 저 혼자 해내야 하는 영역이라며 선을 그었던 거죠. 그 이후 돌봄에 대한 생각이 많아졌어요.

혜니 　 사회적으로는 연대하는 일을 맡아서 하고 있는데 개인적으로는 아니네요.

예지 　 저는 그런 생각 가끔 해요. 밖으로 내보이는 행동은 어느 정도 자기가 받고 싶은 유의 이해 같은 게 아닐까. 저도 그런 경험을 했거든요. 남들한테 베풀 때 내게도 돌아올 거란 어느 정도의 기대가 있었어요. 사실 돌려받고 싶으면 제가 얘기를 해야 하는데 말예요. 나는 받고 싶고 이 부분이 비었으니 네가 도와달라고. 저는 다른 사람도 어련히 알 거라고 생각했는데, 제가 요청해야 하는 부분이더라고요.

헨조이 　 요즘 눈에 띄었던 것이나 사건 같은 게 있어요?
아람 　 제가 일하는 사무실의 위층에 건물주가 사는데요. 거기 가사 노동을 하러 오는 아주머니가 계세요. 그분의 반려견을 지난주부터 저희 공유 사무 공간에서 데리고 있게 됐어요. 처음엔 아주머니가 반려견을 건물 출입구 쪽에 묶어두셨는데요. 그걸 보고 저희가 일하시는 동안은 저희 사무 공간에 데려다 두시라고 제안을 드렸어요. 근데 그 개가 저희 공간을 정말 편안해 하고 심지어

는 일하는 사람들 무릎에 앉아 있기도 해요. 자기 반려인이 들어오기를 계속 기다리는지, 문 쪽을 빤히 보기도 하고 문 열리는 소리가 나면 바로 반응하고 그러더라고요. 저랑도 좀 익숙해졌는지 제가 이름을 부르면 막 달려오고 그래요. 말이 통하는 사람이 아니라, 개의 몸을 쓰다듬을 수 있는 기회가 저는 많이 없기 때문에 요즘 그게 너무 좋아요.

예지   언어가 통하지 않는 상대와의 대화는 중요한 것 같아요. 저는 고양이랑 같이 사는데 그들에게서 사랑을 배울 때도 있고 돌봄을 생각할 때도 있고 그렇거든요. 내가 보호의 위치에 있는 어떤 것과 교류하는 것은 무척 중요한 일 같아요.

헤니   신뢰를 받잖아요. 나보다 약하고 작은 동물이 내가 자기를 해치지 않을 거라고 신뢰할 때, 특별한 경험이 되죠.

아람   그 개는 많은 소리를 내지 않아요. 꼭 그 아주머니만 오면 크게 펄쩍펄쩍 뛰고 그러죠. 얼마나 반가우면 저럴 수 있을까, 어떻게 저렇게 호응할 수 있을까. 저 마음이 뭘까 생각했어요.

예지   맞아, 환대 중요하죠.

아람   개인적인 고민이라면, 제가 사귀고 있는 사람이 코트디부아르라는 서아프리카 국가에서 태어나고 자란 사람이에요. 한국에 와서 학교 공부하고 회사를 다니고 있는데, 곧 다시 돌아가야 하는 상황이에요. 멀리 떨어져 있으면 거리감이 생기고 감정이 옅어지는 건 사실인데요. 우선은 얘기를 나누고 그 사람을 보며 같이 있는 것 자체가 너무 좋으니 어떻게 해야 할지 고민 중이에요.

예지 저는 롱디를 1년 했었거든요. 호주와 한국이었어요. 서로 연락을 많이 안 했는데 버틸 수 있었던 힘으로 하나 꼽자면, 블로그를 하나 같이 썼어요. 그 사람 일상을 보고 나도 일상을 올리고, 그렇게 차츰 쌓이니까 연락을 많이 안 해도 괜찮더라고요. 1년을 선선하게 보내니까 그 뒤로도 안정적으로 만났어요. 좋은 대처였던 것 같아요.

아람 기발한 방식이네요. 전 생각해보지 못했어요. 그 사람이 경험한 사회가 어떤지 알고 싶긴 하더라고요. 아프리카가 지금 경제적으로, 사회적으로 어떻게 변화했는지에 대해서 동시대적으로 접속을 하는 경험이 많이 없었기 때문에, 오해도 많이 하고 모르는 부분도 많아요. 경험하러 한번 가볼 수 있다고는 생각해요. 제가 뿌리내릴 수 있는 곳이 될 수 있는가 하는 건 그 이후의 문제인 것 같고요. 그것까지 감안해서 이 사람과의 관계를 어떻게 만들어갈지 지금 시점에서 결정하는 건 너무 어려운 일이에요. 아, 저 춤 교습을 등록했어요. 코트디부아르에서 온 무용수 분이 교습을 하시더라고요. 거기서 가르치는 춤은 부족들 안에서 내려온 전통 춤이래요. 그게 지금 코트디부아르에서 어떤 식으로 이어지고 있는지는 잘 모르겠지만요.

헨조이 과거와 미래에 대해 물어보고 인터뷰를 마치고 싶어요. 어렸을 땐 어떤 사람이었어요?

아람　수련회나 수학여행에서 반 대표로 무대에서 춤추고 그랬어요. 지금도 춤추는 걸 되게 좋아해요. 사람들 앞에 서서 뭔가를 보여줬을 때 느낄 수 있는 희열감이 있더라고요. 그리고 중3 때 세상에 디지털 카메라가 막 나오기 시작했고, 저도 그때 처음으로 사진을 찍었죠. 춤, 사진 이런 게 예술영화로 이어지고 20대 때부터는 전시 관람으로 이어지고. 이런 것들이 이제는 제 일의 반경이 되었고요.

부모님의 보호막이 제 성장에 크게 관여를 한 것 같아요. 추상적인 고민을 할 수 있었던 것도 나를 돌봐주는 누군가가 있었기 때문에 가능했던 거죠. 생활비를 직접 벌며 살아야 했다면 그렇게까지 두리반에 꼬박꼬박 가진 못했을 거예요. 그때 당시 저의 우선순위는 활동이었거든요. 먹여주고 재워주는 곳이 있었기 때문에 당시의 생활이 가능했던 것 같아요.

이런 표현이 맞는지 모르겠지만 엄마가 나의 매일매일을 낳아주었다는 생각을 요즘 자주 하게 되더라고요. 엄마라는 이름으로 나와 관계 맺게 된 여성에 대해서요. 이전까지는 엄마와 딸이라는 역할로 만나서 각자 역할을 수행하는 걸로만 관계 맺기를 했지, 각자 어떻게 살아가고 있는지, 지금 어떻게 살고 있는지에 대해서 개별적인 관점으로 살펴보질 못했던 것 같아요. 그러다가 엄마가 몇 년 전에 심장 쪽에 이상 반응이 생겨 병원 검진을 받아야 해서, 그때 제가 엄마와 같이 병원에 다녔어요. 다행히 아주 심각한 병은 아니었는데, 그때 엄마가 울먹이면서 이런저런 얘길 하시더라고요. 엄마 주변에 본인 삶에 대한 얘기를 들려줄 수 있는 사람이 저를 포함해 진짜 없겠다는 생각이 그제야 들었어요.

헤니 　 미래에 대한 얘기도 해볼까요?

아람 　 자기 기준에서 건강함을 찾고 싶어요. 사회적으로 정해진 건강함이 아니고 자기 기준 안에서 건강한 게 뭔지를 찾고 그걸 몸으로 움직여서 경험하고 너무 많이 생각하지 않고, 그 몸으로 경험하는 것을 통해서 좋은 것을 발견해내고. 그 지혜를 사람들과 잘 나누며 재밌게 살고 싶어요.

헨조이 　 앞으로는 어떤 사람으로 기억되고 싶어요?

아람 　 대학원 면접 때 진학해서 앞으로 무엇을 하고 싶은지 질문을 받았을 때, 공부한 것을 글로 써서 발행하고, 그것으로 사회적인 영향력을 미치고 싶다고 답했거든요. 영향력에 대한 욕망이 원래 없었는데, 30대 초반이 되면서 강하게 생겼어요. 그래서 이전엔 동료들과 함께 공동으로 기획을 하고 운영을 하면서 의미를 만들어냈다면, 이제는 혼자서도 그런 역할을 해보고 싶다는 생각이 커졌고요. 스스로, 좀 더 영향력을 지닌 무언가를 만들어내는 걸 해보고 싶어요. 그런데 그 영향력은 저만의 목소리를 통해서는 아닐 것 같아요. 주류 사회 안에서 가려진 힘 있는 목소리들이 누구에게나 들리는 자리. 사람들이 저를 만나 그 자리에 오게 되었다고 기억되면 좋겠어요.

현장이 나한테 굉장히 절대적인 세계라기보다는
그래서 이 현장을 통해서 결국 내가 하고 싶은 게
무엇인가라는 질문에 도착했고, 그 때문에
공부를 더 해야겠다는 생각을 하게 됐어요.

정아람을 위해 짓는 요리

버섯 (캐슈) 크림 파스타

vegan

ingredients.

1. 캐슈 크림
캐슈넛 50g
아몬드밀크 1/2컵
샬롯 1/3개

2. 스파게티면 100g
마늘 2-3쪽
무순 한 줌
올리브오일
소금, 후추
잘게 다진 캐슈넛 한 줌

준비 10분 / 조리 20분 / 1인분

how to.

1. 캐슈넛은 전날 물에 담가 두거나 뜨거운 물
에 담가 30분 정도 불린다. 냄비에 물을 끓여
바닷물 정도의 짠맛이 될 만큼 소금을 넣는다.
물이 끓으면 파스타 면을 넣고 봉지에 적힌 시
간보다 1~2분 적게 끓인다.

2. 캐슈 크림 만들기 : 재료를 모두 믹서에 넣
고 크리미한 질감의 소스가 될 때까지 간다.
소금, 후추로 간한다.

3. 팬에 기름을 넉넉히 두르고 버섯을 색이 나
게 굽고 수분이 날아가면 소금, 후추로 간한
다. 버섯은 잠시 팬에서 꺼내두고 남은 기름
에 편으로 썬 마늘을 볶다가 색이 나기 시작
하면 면수를 더한다.

4. 면이 다 익으면 팬에 면, 버섯, 소스를 넣고
잘 섞으면서 중약불로 가열한다. 채 썬 무순을
넣고 맛을 본 뒤 그릇에 옮겨 담는다. 다져놓
은 캐슈넛을 치즈처럼 올리고 소금, 후추, 올
리브오일을 조금 둘러서 마무리한다.

recommend.
저희가 질문을 던졌을 때 아람 님은 마치 오랫동안 질문을 기다리고 있던 사람처럼 느껴졌
어요. 즉흥적인 질문에도 경험으로 무르익은 대답들을 들려줬고요. 접근하고 해체할수록
말맛의 풍미가 살아났고 연대에 관한 이야기를 나눴기에 형태를 풀어 헤치며 먹는 파스타
가 적격이라고 생각했어요.

하루 전날 불려놓은 캐슈넛에
식물성 우유를 더해 믹서에 오래 갈아
진하고 부드러운 크림 소스를 만든다

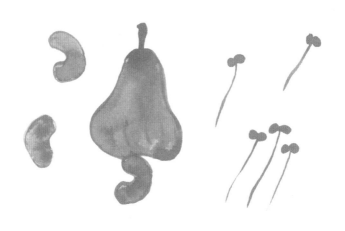

팬에 버섯을 노릇노릇하게 굽고
면에 소스가 잘 묻도록 버무린 뒤
접시에 올려 알싸한 무순을 더한다

옳다고 생각하는 방향으로 망설임 없이

이소영

식물 세밀화가, 원예학자

헨조이   우선 자기소개를 부탁드려요.

소영   저는 이소영입니다. 경기도 남양주에 작업실이 있고 식물을 그림으로 기록하는 일을 하고 있어요. 계속 식물을 공부하고 있어요. 식물을 떼어놓고는 자기소개가 안 되는 사람이네요.

헤니   공부하시는 게 원예학이잖아요.

소영   식물 관련된 학문들로는 분류, 생태, 원인, 조경 등 다양하죠. 그중 원예학은 우리가 이용하기 위해서 재배하는 식물들을 연구하는 학문이에요. 원래 식물은 산이나 숲에 있잖아요. 자연에서 자연스럽게 자라나는 식물을 자생식물이라고 하는데, 그 식물을 이용하기 위해서 연구를 하는 학문이라 할 수 있죠.

헤니   **이전에 소영 님과 원예학에 대해서 얘기 나눈 적이 있는데, 사람들이 식물을 이용하는 것이 꼭 착취만은 아니라는 얘기를 했었거든요. 인간이 식물 쪽에 주는 돌봄도 있다고 했었죠.**

소영   우리는 살아가기 위해서 어쨌든 식물을 이용할 수밖에는 없거든요. 그렇다고 숲에 있는 식물을 마구잡이로 이용하면, 그것은 자연을 직접적으로 훼손하는 일이고요. 인간이 식물을 직접 재배하거나, 숲에서 가져오더라도 식물이 최대한 그 안에서 행복할 수 있어야 하고 인간도 만족스러울 수 있어야 해요. 그 균형을 찾는 게 원예학의 궁극적인 목적인 것 같아요. 식물을 많이 이용하고 정원을 많이 만드는 게 목적이 아니고요.

식물도 동물이랑 똑같아요. 반려동물이 존재하는 한 우리의 궁극적인 목적은 반려동물도 행복하고 인간도 행복할 수 있는 경계를 찾는 거잖아요. 반려동물의 수를 늘리는 것이 아니라. 원예의 목적이 '식물 문화를 확산하자, 사람이 식물을 좋아하도록 만들자'라고들 많이 얘기하는데, 사실 그게 목적이 아닌 것 같아요. 제 작업실 뒤에 야생화 정원이 만들어지고 있는데 원래는 미나리 밭이 있었어요. 그러다 미나리 밭이 사라지고 청경채 농장 비닐하우스가 생겼고요. 그리고 결국엔 그 농장을 내몰고 야생화 정원을 만들게 된 거예요. 사실 수목원, 식물원은 식물을 보존하기 위한 기관이어야 하는데, 요즘 만들어지는 식물원들은 땅을 메꾸고 건축물을 짓고…. 그 구역엔 원래 들판도 있고 잡초들도 있었을 텐데, 기존의 자연을 다 없애고서 새로 지은 것이라면, 그렇게 해서 만들어진 기관이라면 자연을 훼손한 가치를 더 발휘해야 해요. 그래서 식물원, 수목원을 만드는 게 중요한 게 아니라, 원래 있었던 것의 가치를 우리가 지키면서 균형을 찾는 게 중요한 것 같아요.

헤니　　인터뷰 전에 소영 님의 칼럼을 다시 읽었는데, 글에서 매번 소영 님이 호통을 치고 있었어요. (웃음) 사람과 식물이 맺는 관계에 관심이 많고 비판적인 시각을 갖고 있구나 생각했죠.

소영　　저도 처음엔 그렇지 않았거든요. 원예학을 공부하게 된 것도 식물이 좋아서 공부하게 된 거고요. 최근에 한 정원을 간 적이 있어요. 정원을 조성하신 분들이 얘기하는 걸 듣게 됐는데, 정원을 채운 식물을 어디서 가져왔냐고 물어보니까 야산에서 채집해왔다는 거예요. 우리가 보는 정원의 아름다운 식물들이 어디서 왔는지 생각해보면 결국 숲에서 왔어요. 단지 미관상으로 즐기기 위해 어떤 개체를 훼손하는 건 틀린 일 같아요. 이렇게 여러 부작

인간이 식물을 직접 재배하거나, 숲에서
가져오더라도 식물이 최대한 그 안에서
행복할 수 있어야 하고 인간도
만족스러울 수 있어야 해요.
그 균형을 찾는 게 원예학의
궁극적인 목적인 것 같아요.

용 같은 경험을 하게 되면서 점점 비관적으로 변하게 된 것 같아요. 사람들은 보통 식물에 관해 착하고 다정하고 무해한 이미지를 떠올려요. 사는 게 각박하고 힘들다 보니까 식물을 보는 것에서 위안을 얻고요. 그런데 그 이면의 것에 대해서 이야기하는 게 원예학을 공부하는 사람들의 역할인 것 같아요.

헤니　역시 식물을 빼놓으면 안 돼. (웃음) 요즘 어떻게 지내세요?
소영　저는 주로 작업실에서 식물 프로젝트와 관련된 일을 하며 지내요. 국립수목원 일이라든지, 에버랜드 같은 원예 관련 기업에서 그려달라는 식물, 연구자들이 그려달라고 하는 식물도 그리고요. 개인 육종가나 개인 정원을 갖고 있는 사람들이 식물의 현황을 기록해달라는 제안도 많이 하거든요. 그런 프로젝트를 하느라고 출장을 많이 다녀요. 그사이 시간이 나면 식물을 보러 산이나 식물원을 가기도 하고요.

예지　인류와 식물의 관계도 있지만, 나와 식물의 관계도 있잖아요. 그 관계 맺음은 어떤 식일지 궁금해요. 계절, 시간성을 깊게 체감하는 학문일 것 같아서요. 어떨 때는 초연해질 것 같고 어떨 때는 뜨거워질 것 같은데….
소영　한편 일이기도 하잖아요. 식물을 통해 스트레스를 받을 수 있다고도 생각하는데요. 저는 100퍼센트 만족하고 100퍼센트 좋아요. 일에 지쳐 힘들 때도 식물을 보러 가면 기분이 갑자기 좋아져요. 제가 두통이 잦은데, 아침에 광릉 국립수목원에 가서 식물을 보다 보면 두통이 줄어들어요. 새로운 식물을 보러 가는 즐거움도 있지만, 저는 저에게 익숙한 식물을 보러 가는 게 더 반갑더라고요. 2009년에 국립수목원에 입사해서 그곳을 4년 동안 출 퇴근했는데, 지금도 일주일에 한 번씩은 꼭 가거든요. 더 이상 볼 식물이 없을 것 같잖아요. 근데 개체 하나하나를 콕 집어서 기억 하게 되는 거예요. 나뭇가지에 달린 열매를 1년 동안 계속 보게 되 고요. 어느 순간 그게 사라질 때가 있어요. 누가 채집하거나 훼손 한 걸 텐데, 그러면 되게 슬퍼져요. 식물 세밀화가 종의 형태를 기 록하는 일이거든요. 서양 민들레와 그냥 민들레의 차이를 기록하 는 것, 이게 종의 기본인 건데… 그 종에서도 벗어나 더 깊숙이 들 어가서 어느 한 개체, 그리고 그 개체의 나뭇가지 하나하나를 다 들여다보게 되는 것 같아요.

예지 **식물은 생장 환경에 따라 각각의 특징이 있잖아요. 그 특징들로 위 로 받았던 경험이 있었나요? 저는 아버지가 저를 거칠게 키우신 걸 야생화 에 빗대면서 위로하려고 들거든요. (웃음)**

소영 프리랜서 초반에는 사람들이 저의 존재나 역할을 모르니 혼자서 그리고 싶은 그림을 그렸어요. 독립출판으로 블루베리와 관련된 책을 내보기도 하고요. '나 계속 이 일을 해도 되는 걸까?'이 런 생각이 들 때도 수목원, 숲에 가서 식물을 보고 있으면, 식물은 그냥 자기 할 일을 하는 거예요. 개네들은 누가 쳐다본다고 그 일을 하는 게 아니잖아요. 태어나면, 뿌리가 땅에 박히면 줄기가 나고 잎 이 나고 꽃이 피고 열매 맺고. '나는 왜 꽃을 맺어야 할까, 왜 열매 를 맺어야 될까?' 이런 생각을 하는 게 아니라 그냥 하는 거잖아요. 오히려 식물에게 그런 단순한 걸 많이 배우게 됐어요. 그렇다고 또 그렇게 단순하지는 않거든요. 우린 인간이 되게 특별하다고 생각

하는데 식물을 공부하다 보면 인간은 별로 특별하지 않은 것 같아요. 태풍에 나무가 뽑히는 거처럼 우리 갑자기 그냥 죽을 수도 있는 거잖아요. 점점 식물과 나를 같은 생물로서 바라보게 되어요. 우위에 있는 존재가 아니라, 쟤네가 당연하게 살아가는 것처럼 나도 내게 주어진 일을 하고 무덤덤하게 살아가는 존재로요.

저는 예전에는 복잡한 사람이었던 것 같은데 점점 단순해지는 부분이 있어요. 제가 개체 같은 것을 기억하고 본다고 했잖아요. 국립수목원에 나무 한 그루가 있는데 저번 날에는 꽃이 막 피어 있었단 말이에요. 다시 찾으니 제가 안 본 사이에 열매가 많이 달려 있었어요. 저는 그사이에 별로 한 게 없는데, 그 나무는 뭔가를 많이 한 듯한 느낌이 드는 거예요. 진짜 부지런하다, 나도 더 부지런해야겠다 이런 자극을 받아요. 제가 느끼기에 식물은 정말 빠르고 저보다 쓸모 있는 존재, 저보다 큰 존재들 같아요. 실제로 저는 태어나서 죽는 게 백 년 언저리이지만, 식물은 몇 백 년 동안 살아가잖아요. 누가 건드리지 않는 이상. 저는 움직이면서 여기저기 피할 수 있지만, 식물은 한번 뿌리 내리면 움직이지 못하고, 거기서 그냥 당연하게 살아가잖아요. 그런 묵직함 같은 부분이 진짜 멋진 것 같아요.

예지   큰 나무를 보면 숙연해지는 게 있는 것 같아요. 고개를 조아리게 되는….

혜니   종을 기록하는 일을 한다고 하셨잖아요. 예전에 들은 이야기 중에 기억이 나는 게 그 종을 기록하는 게 하나의 개체로 기록하는 게 아니라 여러 가지 개체를 관찰해서 그 특징을 제일 잘 보일 수 있는 부분을 그린다고 했던 이야기가 인상적이었어요. 여러 가지를 모아서 구성해낸다는 게.

소영 네, 사진 찍으면 되는데 왜 세밀화로 그리냐고 많이들 물어보거든요. 막연히 생각하면 그렇죠. 그런데 사진은 제 눈앞에 있는 민들레 어느 한 개체를 선택해서 도감에 넣는 거잖아요. 반면 민들레를 식물 세밀화로 그린다면 어느 한 개체를 재현하는 게 아니라 제 눈앞에 있는 민들레, 소백산 어디에 있는 민들레, 이런 식으로 민들레를 최대한 많이 관찰해서 그 공통점을 찾아요. 민들레 종만의 공통점이 있는가 하면, 환경에 따라서 변하는 요인들이 있거든요. 색도 그렇고 잎의 크기 등 다 똑같진 않아요. 그중 보편적인 특징을 딱 집어서 그림으로 그리는 거죠. 여러 장의 사진 묶음 같은 거예요. 그리고 제가 강조해야 할 부분, 유심히 관찰해야 하는 부분을 알려면 식물을 공부해야 하고요.

예지 데이터네요. 유달리 엄청 잘 그리는 식물이 있는지, 아니면 잘 안 그려지는 식물도 있는지 궁금해요.

소영 재밌는 질문을 받네요. 이전에 못 받았던 질문이에요. (웃음) 결국에는 제가 관찰을 소홀히 한 식물들이 그림에서 티가 나요. 제가 기존에 알았던 식물, 정말 오랫동안 봐왔던 식물, 익숙한 식물의 경우는 그리기가 편하고요. 잘 그리고, 그리기 편하려면 오랫동안 관찰하는 게 관건인 것 같아요. 그림 그려달라고 제안이 오면 저는 우선 관찰을 해서 그리게 되는데, 그 기간이 보통 1~2년 이래요. 부족한 시간이죠. 다른 일과 같이 진행해야 하니까요. 아까 사진 여러 장의 묶음과도 같다고 했는데, 최대한 많은 개

제가 눈으로 식물의 모습을 보는 거랑 채집해서 현미경으로
관찰하는 거랑 또 달라요. 털이라고 느꼈던 게 현미경으로
보면 뾰족해가지고 바늘, 가시 같거든요. 그 과정에서
눈으로 보는 게 전부가 아니라는 걸 또 느끼게 되는 거죠.

체를 봐야 저도 그리기 편하고 그림도 완성도 있게 나오게 돼요. 제가 좋아하는 식물 세밀화가 중에 마키노 도모타로라는 사람이 있어요. 이분이 그린 세밀화에는 여기저기 엑스 표가 그려져 있고 계속 수정을 해간 게 보여요. 죽을 때까지 수정을 했던 거예요. 많은 개체를 보면 볼수록 기존에 그린 것에서 틀린 게 보이니까요. 제가 지금 그려놓은 그림은 2022년에 완성한 그림일 뿐이지, 정말 완성된 그림은 아닌 것 같아요. 왜냐하면 제가 이 세상의 모든 민들레를 관찰한 건 아니니까요. 제가 1~2년 동안 관찰하고 그린 식물이라면 완성도를 의심할 수밖에 없는 거예요. 그리는 동안도 좀 힘들고. 사진도 상대에 대해서 잘 알면 잘 찍을 수 있잖아요. 식물도 마찬가지예요.

헤니 신기하네요. 계속 과정 중에 있다는 게.

소영 어떻게 보면 화가의 논문 같은 거예요. 연구 결과는 수정되고 갱신되어야지 정확해지는 거잖아요.

예지 **그런 문장이 생각나요. 기록하는 행위는 내 안의 착오를 발견하는 일이라는 말. '안다'라는 말을 쉽사리 하지 않는 게 중요한 것 같아요.**

소영 맞아요. 그 생각도 많이 해요. 식물 공부하면서 느끼는 건 제가 아는 게 다 아는 게 아닐 수도 있다는 것. 제가 눈으로 식물의 모습을 보는 거랑 채집해서 현미경으로 관찰하는 거랑 또 달라요. 털이라고 느꼈던 게 현미경으로 보면 뾰족해가지고 바늘, 가시 같거든요. 그 과정에서 눈으로 보는 게 전부가 아니라는 걸 또 느끼게 되는 거죠. 사람도 그렇게 보게 되는 것 같아요.

헤니   평상시에 식물을 관찰하고 그리기 위해서 보는 방식이 사람을 관찰할 때도 적용되는지 궁금했어요.

소영   그렇게 되는 것 같아요. 사람을 관찰할 때도 제가 아는 게 전부가 아니라는 생각을 하게 되거든요. 예전에는 그렇지 않았는데요. 식물을 공부하면서 나이가 들수록, 현미경을 자꾸 들여다보면 볼수록 포용력이 생기는 것 같아요. 사람에 대해서도. 지금 이게 그나마 포용력이 생긴 거예요. (웃음)

예지   들여다보기를 참 안 하는 시대잖아요. 대충 보고. 들여다보는 게 정말 중요한 일이라고 느껴요.

헤니   사람들과 얘기하다 보면 소셜 네트워크에서 본 게 전부라고 생각하잖아요.

소영   소셜 네트워크도 그런 거죠. 몇 년 동안 써온 글을 보고 이 사람에 대해서 잘 안다고 생각하는데, 소셜 네트워크상에서는 그 사람이 전시하고 싶은 부분만 보여지는 거란 말이에요. 오프라인에서 알게 되는 경우에는 그 사람의 자연스러운 행동 하나하나를 그 사람이 내보여서가 아닌, 자연스럽게 만나게 되는 건데. 의도한 부분만 보고는 그 사람에 대해 알 수 없는 거죠. 그에 비해 식물은 투명하잖아요. 그냥 한곳에 있으면서 누구에게든 존재가 노출돼요. 식물이 움직이지 못하고 한곳에 고정되어 있다고 사람들은 식물이 힘들 것 같다고 생각하지만 저는 그래서 매력적인 것 같아요.

예지 　식물은 움직이지 않지만, 때로는 이동성이 대단한 것 같다고 느껴요. 화분 두 개가 대각선으로 좀 떨어져서 있었는데 그 사이로 어떻게 씨가 날아갔나 봐요. 한 화분에서 두 종이 자라고 있더라고요. 예측할 수 없는 운동감을 가지고 있다고 느꼈어요.

소영 　맞아요. 식물은 움직일 수 없기 때문에 똑똑해요. 움직일 수 없는 상황에서 살아가려고 벌레잡이 식물들은 벌레를 자기한테 끌어들이거든요. 향기가 나는 것도 동물들을 끌어들이기 위해서고. 움직이지 못하고 고정되어 있기 때문에 생기는 장점들이 있어요. 식물을 보면 세상에 절대적인 건 없는 것 같아요. 100퍼센트 장점, 100퍼센트 단점으로 작용하는 것이 없고 자기 자신답게 사는 것 같아요. 고정되어 있기 때문에 씨앗을 멀리 날릴 수 있는 상태로 진화했고, 씨앗도 바람에 잘 날리기 위해 날개가 달려 있고요. 씨앗이 대부분 동그란 이유도 잘 굴러가기 위함이에요. 그 진화를 보고 욕심내겠다, 1등이 되겠다 이런 생각이 드는 게 아니라, 식물처럼 내 식대로 살아가면 되겠다고 생각하게 되었어요.

예지 　바로 다음 질문이 빠르게 변화하는 세상에서 나침반 삼은 가치가 무엇이냐는 질문이었어요. (웃음)

소영 　식물과 별개로 제가 스스로에게 최대한 후회하지 않았으면 좋겠어요. 누군가가 나를 모함한다고 해서 똑같이 뾰족한 말을 하고 그랬던 거, 지금 되돌아보면 별일 아닌데 그때 왜 그랬을까 하는 후회를 최대한 안 하고 싶어요. 그러려면 결국에는 남을 이해하려고 노력하게 되는 것 같고요. 어느 날 스스로를 돌아봤을 때 후회하지 않았으면, 흠이 없는 사람이었으면 좋겠다는 걸 목표로 살아가요.

헤니　　식물 다루는 일을 어떻게 시작하게 됐는지 말씀해주실 수 있나요?

소영　　저는 식물을 좋아해서 원예학과를 가게 되었어요. 대학교 내에 수목학이라는 수업이 있었는데 당시에 교수님이 그림을 그려서 도감을 만드는 과제를 내주셨죠. 과제를 제출했더니 그림을 잘 그린다고 식물 세밀화를 해보지 않겠느냐고 권유해주셔서 처음 알게 됐어요. 개인적으로 식물화를 그리는 분에게 그림 그리는 기술을 배웠어요. 하다 보니까 이 일이 저한테 잘 맞는 거에요. 저는 다른 거는 다 못해도 한번 시작하면 오랫동안 하는 거에는 굉장히 익숙해요. 식물 세밀화는 식물을 계속 관찰하면 되는 거고 그림 그리는 것도 앉아서 계속 그리면 되는 것이라, 그 일이 저랑 맞는다고 생각했어요. 대학교 3학년 때 취업을 알아봤는데 국립수목원에서 식물 세밀화가를 채용하더라고요. 면접을 보고 들어갔죠. 거기서 처음으로 식물 세밀화가로 일을 하게 되었어요.

예지　　식물을 좋아해서 전공했다고 했잖아요. 식물 좋아하는 걸 어떻게 깨달으셨어요? 좋아한다는 거에 확고해지기는 어렵잖아요.

소영　　어렸을 때 서울에서 살았는데 방학 때 시골에 놀러 가곤 했어요. 그때의 기억이 1년을 좌우할 만큼 그 경험을 좋아했어요. 저는 도시에서 살면서 식물을 자주 접할 기회가 없었기 때문에 식물을 좋아하게 된 것 같아요. 고등학교 3학년 때 막연히 동식물 관련된 학과에 진학하고 싶다고 생각했어요. 과학기술이 발달하고 제가 50~60대가 될 무렵엔, 사람들이 원예학을 좋아하게 되지 않

을까 했죠. 우리는 생물이기 때문에 결국에 자연 안으로 회귀하고자 하는 욕망이 있을 것 같았거든요. 예술사에서도 미니멀리즘으로 도래하잖아요. 가장 기본으로 언젠가는 가겠다는 기대가 있었어요. 사람들이 언젠가 식물을 찾게 되고 이 사회에서 마이너가아니라 메이저로 올라설 수 있는 시기가 오지 않을까 생각했어요. 근데 요즘 보면 그 시기가 좀 빨리 온 거 같아요. 사람들이 벌써 식물을 찾게 된 거죠.

예지 아직은 식물을 좋아하고 누리는 방식이 서툰 것 같아요. 플랜테리어라는 용어가 나오면서 잘게 크롭된 식물들이 온갖 군데 다 있잖아요.

소영 그냥 식물을 소비한다는 느낌이 들죠. 문화를 우리가 향유한다는 건 그걸 이용한다는 얘기예요. 꽃다발을 주고받고 집 안에 아름다운 식물을 두는 건 관상용 목적이고, 식물의 효용성을 우리가 이용하는 거거든요. 아름다움을 이용하고 에너지원 되는걸 우리가 이용하고… 잘 이용하려면 그 주제에 관해 연구부터 해야 돼요. 연구가 되고 비로소 증명이 되고 나서 문화가 되어야 하는데 우리나라는 지금 연구한 지가 얼마 안 됐어요. 외국에서 들어온 문화를 받아들이면서 사람들이 식물을 무작정 좋아하게 된거예요. 기본 없이, 기반 없이 붐이 된 거죠. 우리가 이용하는 식물들을 봐보세요. 우리 숲에 있는 자생식물이 아니라 다 외국 식물이잖아요.
이런 흐름이 아니라 우리나라 자생식물의 효용성, 즉 꽃다발을 주고받을 수 있는 우리나라 자생식물을 연구하고 그걸 증식해서 재배하고 꽃시장에 들이고 이용해야 되는데, 사람들은 외국 문화를 받아들이면서 외국 식물들만 이용하는 거죠. 사람들의 욕구를 연구 기관에서 충족해줄 수 있는 상황도 아니고요. 원래라면 이 식물을 어떻게 잘 재배할 수 있는지를 연구 기관에서 안내를 해야 되거든요. 그런 안내가 없는 거예요. 아직 연구를 하고 있기 때문에. 그러다 보니 제멋대로 식물을 재배하고 죽이는 경우도 많죠.

헤니   소영 님이 추천하고 싶은 우리나라 자생종이 있나요? 키우기 좋은 식물이요.

소영   키우기 좋은 식물은 없는 것 같아요. 저는 식물을 키울 자신이 없으면 키우지 말라고 하고 싶어요. 내 집 안에 있는 식물만 좋아하는 게 아니라 다른 식물도 들여다보면서 지구에 있는 모든 식물을 같이 보존하는 것이 식물 문화에서 공유하고 있는 목적이거든요. 키울 자신이 있으면 키우고 자신이 없으면 키울 필요가 없죠. 그리고 자신의 환경에 맞게 키우는 것이 중요해요. 집에 내내 있는 사람이라면 물을 자주 주는 식물을 키울 수 있겠지만, 모든 사람에게 공통적으로 추천해줄 수 있는 식물은 없는 것 같아요. 동물도 마찬가지죠. 식물을 대하기 어려우면 동물 대하듯 하면 돼요. 동물 추천해달라고 하면 대답하기 어렵잖아요. 동물보다는 식물 쪽이 좀 더 마음을 가볍게 둘 수 있겠지만, 크게 다르지 않다는 거죠. 저는 종사자들부터 자신이 뭘 다루고 있는가에 대해 생각해봐야 하는 것 같아요. 동물 좋아한다고 펫샵을 차리는 게 옳아요? 옳지 않잖아요. 내 손 안에 있는 식물뿐만 아니라 모든 생물을 생각해보면 될 것 같아요. 당연한 얘기죠.

헤니　사람들은 식물이 굉장히 수동적이라고 생각하잖아요. 그런 시각을 바꿀 수 있는 이야기를 해주시면 어떨까요?

소영　생물에는 크게 두 가지가 있어요. 동물과 식물. 식물을 움직이지 않는 동물이라고 생각하면 어떨까요. 식물을 계속 먹는 게 당연하고 이용하는 게 당연하잖아요. 동물도 먹되 이제 최대한 먹지 말자는 흐름으로 가고 있는 거고요. 제가 하는 얘기가 급진적인 이야기일 수도 있어요. 근데 궁극적으로 그렇게 바라봐야 한다는 거죠. 소비가 많은 지표가 되어가고 있어서 누군가 한 명은 급진적인 이야기를 해야 한다는 부채감 같은 게 있는 것 같아요.

헤니　그동안 해오신 일들을 정리해주실 수 있어요? 어떤 식으로 나아갔는지.

소영　저는 국립수목원에서 4년 넘게 일하면서 우리나라 식물 세밀화계가 어떻게 돌아가고 있는지 배웠던 것 같아요. 우리나라에서 출간하는 식물도감을 만들면서 배울 수 있었죠. 국립수목원에서 나와 대학원에 다니면서 프리랜서로 작업을 시작했어요. 그때부터 전국에 있는 식물 연구기관, 식물학자와 협업해서 세계에 기록되지 않은 식물, 신종-미기록종 식물 초상화를 그려서 발표했고요. 또 하나 중요하게 생각했던 건 우리나라에 식물 세밀화가 널리 알려지지 않은 상태고 용어 정립 같은 것도 잘 되어 있지 않은 상태라, 과학 일러스트로서의 식물 세밀화를 사람들에게 알리고 후배들, 식물 세밀화가들에게 일을 수월하게 할 수 있는 환경을 만들어야겠다는 거였어요.

식물 세밀화가 과학 일러스트라는 이야기를 하는 전시를 열기도 했어요. 그 전시는 컬러 그림보다 흑백 위주였죠. 식물 세밀화의 가장 기본적인 형태를 이야기하는 자리였으니까요. 이렇게 꾸준히 작업들을 전시하거나 단행본을 출간해왔어요. 가장 처음에 펴낸 단행본이 『식물 산책』인데, 그 책에 식물 세밀화에 대한 이야기가 많아요.

식물 세밀화의 의미, 식물 세밀화가는 무슨 일을 하는지 꾸준히 이야기하고, 개인적으로 얻게 되는 연구나 관찰 결과, 사유, 경험 이런 걸 글로 쓰거나 네이버 팟캐스트인 오디오 클립에 담아왔어요. 식물 세밀화가인데 왜 글도 쓰고 팟캐스트도 진행하는지 궁금하실 수 있는데, 이건 결국 식물 세밀화를 그리기 때문에 할 수 있는 일들이에요. 식물 세밀화를 기반으로 제가 할 수 있는 일들을 한다고 생각해요.

예지 계보 만드는 일이 필요한 거겠죠.

소영 제가 혼자서 해야 하는 일은 아니에요. 최근에 수목원에서 강의 제안이 들어왔는데 주제가 '혁신'이라는 거예요. 손으로 그림을 그리는데 무슨 혁신이냐, 혁신에 대해서는 강의를 못하겠다고 했더니 그냥 지금까지 해온 일을 얘기해달라고 하시더라고요. 저도 이 판에 저의 생각을 제안하는 걸 즐기는 것 같아요. 그래서 식물 세밀화를 그리는 작업뿐만 아니라 개념적인 일을 많이 해왔어요. 이번 강의에서도 그런 얘기를 많이 했어요. 혼냈죠. 뭐. (웃음) 그저 우리 공간을 임대해서 화가들의 작품 전시해준다는 마인드로 전시를 진행하는 데서 끝나면 안 되고, 꾸준히 예산을 확보해서 연구 사업을 진행하고 자료를 수집하는 게 중요하다고요. 연구

저를 인터뷰하러 오시는 분들 중에 저를
할머니라고 상상하고 오시는 분들도 많으세요.
식물을 그린다고 하면 그런 걸 떠올리는 거죠.
지금은 어느 정도 깨지긴 했지만, 그런 부분을
더 많이 깨고 싶은 생각이 있어요.

대상이 되는 식물 컬렉션을 그림으로 계속 기록해나가는 게 중요하지, 단기 전시로는 한계가 있거든요. 그런 얘기를 했어요.

예지 외국에서는 이런 사례들이 많은가요?

소영 네, 많죠. 우리나라는 식물 세밀화를 본격적으로 수집한 지가 20년밖에 안 됐는데 영국, 독일, 일본 이런 나라의 경우에는 300∼400년 정도 됐어요. 제가 고서 같은 걸 모으는 이유도 여기서 영감을 받기 때문이에요. 우리나라에서는 제가 참고하고 싶은 선례가 없거든요. 그래서 어떤 의미로 제가 영국, 독일, 일본 같은 나라에서 태어났으면 식물 세밀화가 안 됐을 것 같아요. 제가 할 수 있는 일이 별로 없을 테니까요. 우리나라라서 제가 할 수 있는 일도 더 많고, 그걸 즐기고 있어요.

예지 개척자네요! 앞으로는 어떤 일을 하고 싶으세요?

소영 저는 꾸준히 이 일을 하고 싶어요. 식물 세밀화가 후배를 양성하는 교육, 어린이에게 하는 식물-자연 교육을 하고 싶어요. 최근에 강의하면서 알게 된 게 어린이들이 우리가 이미 잘 알고 있는 식물, 예를 들면 앵두 같은 걸 잘 모르더라고요. 도시랑 농촌이 너무 단절되어 있어요. 이웃과의 단절도 마찬가지고요. 단절되어 있다 보니까 내가 먹는 감자, 고구마 꽃이 어떻게 생겼는지도 몰라요. 어떻게 생겼는지 아세요?

핸조이 감자꽃, 고구마꽃… 잘 모르겠어요.

소영 모른다니까요. 우리가 먹는 것들이 어떤 형태를 띠고 있

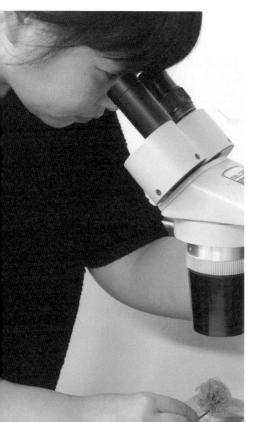

는지 잘 모르는데, 저는 알아야 된다고 생각해요. 지금 식량 부족 문제도 심각하잖아요. 제가 원예학과에 들어갔을 때 사람들이 촌스럽다고, 무슨 원예학이냐는 소리만 했었거든요. 저는 그걸 깨고 싶었어요. 식물을 전공하는 친구들이 그런 생각을 안 하도록 환경을 만들어주는 것도 선배의 역할인 것 같아요. 그래서 인스타그램을 시작하게 된 계기도 식물이 절대 촌스러운 게 아니고, 충분히 힙할 수 있다는 얘기를 하고 싶어서였어요. 저를 인터뷰하러 오시는 분들 중에 저를 할머니라고 상상하고 오시는 분들도 많으세요. (웃음) 식물을 그린다고 하면 그런 걸 떠올리는 거죠. 지금은 어느 정도 깨지긴 했지만, 그런 부분을 더 많이 깨고 싶은 생각이 있어요.

예지 저 소영 님 전시를 보러 갔을 때 아기랑 같이 봤거든요. 아기가 옆에 있었는데 굉장히 신나 하고 좋아하더라고요. 자연 교육의 좋은 선례들이 필요하다는 생각이 들었어요.

소영 어느 날 그들이 식물학자가 되고 싶다고, 식물을 재배하는 농부가 되고 싶다고 자랑스럽게 얘기할 수 있는 환경을 조성하는 게 중요한 것 같아요. 그리고 이게 결국엔 식량 부족 문제와도 연관되는 거예요. 농부라는 직업을 아무나 할 수 있고 할 거 없어서 하는 직업이라고 천대시하는 문화가 결국엔 농사를 안 짓게 만들고 그게 식량 부족으로 이어질 수 있으니까요.

예지 혼자 어떤 시간을 보내시나요? 식물을 떼고 말해주세요. (웃음)
소영 혼자 있을 때 드라마도 많이 보고, 케이팝도 많이 들어요.

식물 연구를 한다고 하면 음악도 클래식을 들을 것 같다고 생각하시던데 아니에요. 저 케이팝 좋아해요. (웃음)

예지   잘 쉬시는 편이에요?

소영   저 쉴 때도 식물 생각해요. 누워서 읽고 써요.

예지   **이것도 공통 질문이었는데요. 혼자서 헤쳐 나가야 했던 순간이 있으세요? 그리고 그때 본인을 이끌어준 랜턴 같은 존재가 있으신지요?**

소영   확실히 힘들었던 건 강아지가 죽었을 때 같아요. 제가 일을 시작하고 그런 적이 없었는데 한 달 정도는 일을 못했어요. 그후에 지금 함께하는 강아지를 입양하게 되면서 랜턴이 된 거죠. 강아지를 데려오면서 정신을 차리게 됐어요. 제가 꾸린 정원에 작은 강의실 같은 게 있어서 어린이, 도시에서 힘들어하는 동료들 아무나 좀 들러서 산책하고 교육하는… 그런 장면을 상상해요. 그리고 그곳엔 동물이 있었으면 좋겠어요. 저는 식물 다음으로는 동물에 관심이 있어요. 사람은 별로 관심이 없어요. (웃음)

예지   **동물과 작별 인사하고 새로운 친구를 데려오는 게 저는 힘든 일이라고 생각하는데, 어떤 계기에서 데려오시게 되었어요?**

소영   저는 다음부터 절대 안 키우겠다는 생각을 했는데 가족들이 이런 강아지가 있다고 사진을 보여줬어요. 얘가 펫샵에 동물을 파는 번식장에 있었더라고요.

헤니   **처음 강아지 입양한 시기에 소영 님은 집에 뛰어갔어요. 행사 끝나**

면 안녕히 계세요! 하고서. (웃음)

소영　강아지와의 삶과 생활은 짧고, 어느 순간 내가 의도하지 않았음에도 헤어질 수 있다는 생각이 들어서 같이 있는 시간을 최대한 오래 만들자는 생각이 들었어요.

예지　**다른 종과의 교류네요.**

소영　인간이 엄청 특별한 존재 같지만, 사실 죽는 것은 어찌 피할 도리가 없잖아요. 생물이라면 어쩔 수 없으니까요. 식물을 연구하고 동물을 연구하는 것 같지만, 사실 우리랑 크게 다르지 않아요. 식물을 들여다보면 볼수록 인간이 잘 보여요. 저는 종교가 딱히 없는데 자연 철학 이런 것엔 공감되는 부분이 많아요.

예지　**믿음이 필요한 것 같아요. 믿을 게 필요해서 자꾸 주변에서 뭘 찾아가는 느낌인데, 건강하게 믿음 갖기가 어려운 시대잖아요. 소영 님은 뭘 믿으세요?**

소영　저는 저 자신을 믿어요. 저 자신만.

예지　**든든하네요.**

헤니　**스스로에게 신뢰감을 가질 수 있는 이유가 뭐예요? 어린 친구들에게 들려준다고 생각한다면.**

소영　자신이 옳다고 생각하는 쪽으로 나아가는 게 좋아요. 틀릴 수도 있지만, 고집해서 나아가는 게 중요한 것 같아요. 제가 식물 세밀화가가 된다고 했을 때, 그 교수님 말고는 누구 하나 옳은 일이라고 얘기해주신 분이 없었어요. 그분들에게는 제가 반항아였던 거죠. 근데 제가 하고 싶었고 막연한 확신이 있어서 쭉 해왔단 말이에요. 그래서 그게 지금의 저를 만들었고 제가 어떤 위치에 있건 상관없이 저 스스로 만족해요.

그래서 그렇게 얘기하고 싶어요. 자신이 옳다고 생각하는 것이라면 흔들림 없이 나아갔으면 좋겠다고요. 우리나라에선 더더욱 여성들이 그러기 어려운 것 같아요. 휘둘리기 쉽고요. 그래서 한 명이라도 이렇게 얘기하는 게 맞지 않나 싶어요. 내가 얘기해줄게! (웃음)

제 선택이기 때문에 후회를 덜하게 되는 것 같아요. 누군가에 의해 흔들리거나 대중성에 흔들리거나 하는 게 아니라요. 제 마음에 드는 것과 사람들이 좋아할 것 같다고 하는 것 사이에 성공할 확률과 실패할 확률은 사실 비슷해요. 대중성이라는 게 고정되어 있는 것도 아니고요. 원예학과에 갈 때에도, 식물 분류학자들조차 식물 세밀화가를 직업으로 못 삼을 거라고 했었거든요. 그래도 저는 그냥 했어요.

혜니 저는 자기 확신이 좀 부족하거든요. 의심이 많고 잘 휘둘리고 의견은 많은데 밀어붙이지 않는 편이고. 요즘엔 노력하는데 힘이 달리고 근력이 부족하달까 그런 생각이 들어요. 사람을 덜 만나는 게 요즘 제 전략인데.

소영 그것도 중요한 것 같아요. 저 지금도 서울로 작업실을 옮길 생각은 없거든요. 사람들과 거리감이 있기 때문에 생기는 장점이 있어요. 주변에 어떤 친구들, 어떤 식물과 동물을 두느냐도 중요한 것 같아요. 나랑 똑같은 사람만 두는 것도 옳지 않은 것 같고요. 다양한 성을 가진 존재들이 있는 게 생물학적으로는 유용해요. 사실 효용성을 따지기는 그렇지만, 더 좋은 거죠. 사람을 대할 때도 다양성은 중요해요.

예지 **다양성과 개별성은 연습해야 하는 것 같아요. 먼 미래의 내 모습을 풍경으로 그리고 인터뷰를 끝낼까요?**

소영 저는 계수나무가 있었으면 좋겠어요. 식물 종도 다양했으면 좋겠고요. 우리나라 자생식물로 꾸려진 자연스러운 모습이었으면 하고, 거기에 동물들도 있으면 좋겠고요. 지금 작업실 근방이 신도시로 바뀌면서 당시에 유기 동물들이 많이 생겼거든요. 그때는 그들을 입양할 형편이 안 되어서 밥을 꾸준히 줬어요. 그런데 어느 순간 사라졌어요. 개 도둑이 왔을 수도 있고 차에 치였을 수도 있고…. 그때 제가 할 수 있었던 건 밥 주는 것뿐이었는데, 그래서 죄책감 같은 게 있어요. 제 정원은 동물이 많았으면 좋겠어요. 갈 곳 없는 동물들의 안식처가 되었으면. 전국에 유기된 동물을 모두 입양할 수는 없지만, 적어도 내 동네에 있는 동물만큼은 돌보고 싶어요. 그리고 힘들어하는 동료, 친구들이 와서 가끔 쉬었다 갈 수 있는 곳이면 좋겠고요.

예지 **나무다. 나무.**

소영 지금 작업실도 조그맣고 별거 아닌데 친구들이 힘들 때 가끔 오거든요. 각자 다른 크기의 고민들을 갖고 있잖아요. 친구들을 보살필 수 있는, 그 주변을 보살필 수 있는 사람이고 싶어요. 모두가 그렇겠죠.

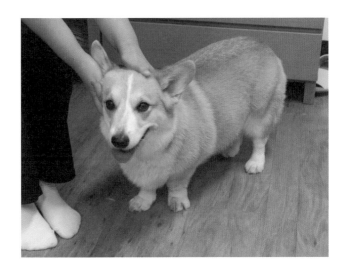

이소영을 위해 짓는 요리

하드쉘 허브 타코

vegan

ingredients.

1. 하드 타코쉘
밀 토르티야 6인치 1장
포도씨유 적당량

2. 과카몰리
아보카도 1/2개
레몬즙 조금
소금, 후추

3. 토마토 살사
토마토 1/2개
샬롯 1/3개
레몬즙 조금

4. 버터넛 스쿼시 피클
버터넛 스쿼시 1/3개
화이트 식초, 설탕, 물 - 비율 1:2:3
코리앤더 씨드 1큰술
팔각 1개

5. 비건 사워 크림
(코코넛 요거트로 대체 가능)
물에 불린 캐슈넛 1/2컵
레몬 1/2개

참송이 버섯 기둥 3개
로메인 잎 1장
민트 1줄기
오레가노 1줄기
소국화 1개
카네이션 1개
올리브유
소금, 후추

준비 20분 / 조리 15분 / 1인분

how to.

1. 하드 타코쉘 : 두꺼운 알루미늄 팬에 낮게 기름을 붓고 중불에 가열해 토르티야를 앞뒤로 노릇하게 튀긴다. 식기 전 팬의 손잡이나 타코용 거치대에 올려 반으로 접어 식혀서 모양을 잡는다.

2. 과카몰리 : 잘 익은 아보카도를 으깨서 소금, 후추, 레몬즙으로 간한다.

3. 토마토 살사 : 토마토와 샬롯을 잘게 다져서 섞은 뒤 레몬즙으로 간한다.

4. 비건 사워크림 : 물에 불린 캐슈넛에 물과 레몬즙을 조금씩 더하며 크림 같은 질감을 낸다. 소금으로 간을 맞춰 마무리한다.

5. 참송이 버섯의 기둥을 잘게 찢어 팬에 올리브유를 두르고 볶는다. 소금, 후추로 간한다. 타코쉘 안에 로메인 잎 1장을 잘게 찢어 넣고, 만들어둔 과카몰리, 토마토 살사, 볶은 버섯을 올린다. 그 위에 사워크림을 듬뿍 올리고 버터넛 스쿼시 피클을 골고루 뿌린 뒤 허브 잎, 꽃잎으로 마무리한다.

recommend.

소영 님은 마음 안에 자신만의 정원이 있는 사람이었습니다. 이야기를 나누면서 자신이 지키는 정원에 저희들을 초대한 것 같다고 느꼈어요. 저희가 목격한 소영 님의 정원을 작게나마 요리로 묘사하고 싶었어요. 단단하게 울타리를 짓고 그 안을 다채롭게 채웠습니다.

뜨거운 기름에 토르티야를 튀겨

재료를 담을 수 있는

바삭하고 단단한 껍질을 만든다

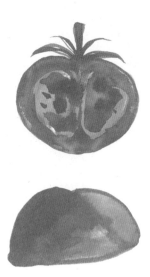

그 속을 부드러운 맛의 재료들로
땅의 단면처럼 차곡차곡 채우고
허브와 꽃잎으로 마무리한다

마음 깊은 곳의 목소리를 마주하는 과정

유은정

영화감독

혜니   자기소개를 부탁드려요.

은정   저는 영화 시나리오도 쓰고 연출도 하고 있는 유은정이라고 합니다. 충북 청주 출생이고 서울에 있는 대학을 다니게 되면서 2004년부터 자취를 시작하게 됐어요. 요즘 하루의 절반은 시나리오를 쓰고, 나머지 절반은 취미생활을 하면서 일상을 좀 즐겨보려고 노력하고 있습니다.

혜니   어떤 취미생활을 하고 계신가요?

은정   친구들 사이에서 축구를 해보고 싶다는 얘기가 나왔어요. 초등학교 때 이후로 공을 안 차봤는데 재밌을 것 같아서 모임을 시작했어요. 작년 10월부터 일요일마다 격주로 공차기를 하고 있습니다. 공을 다루는 것도 재밌고, 팀과 팀 간에 협동을 통해서 게임을 하는 과정도 재밌더라고요. 뛴다는 것 자체가 즐겁다는 느낌을 주는 것 같아요. 축구가 재미있다는 걸 좀 더 일찍 알았으면 좋았겠다고 많은 친구들이 얘기하곤 해요.

혜니   그 외엔 요즘 어떤 일에 관심을 가지고 계세요?

은정   거의 대부분의 시간에 '어떻게 다음 작품을 잘 찍을 수 있을까'라는 생각에 휩싸여 있어요. 지금은 아닌데, 작년 말쯤 내가 영화를 좋아하는 게 맞는지 좀 헷갈렸던 적이 있었어요. 생각했던 것보다 영화를 만드는 일이 더 어렵게 느껴져 지치기도 했고, 내가 이걸 잘할 수 있는 사람인지 확신이 안 들더라고요.
제가 이제 37살인데 거의 스무 살 때부터 영화를 조금씩 만들어왔거든요. 그때는 영화로 벌어먹고 살 수 있을지, 내 한 몸을 잘 건

사할 수 있을지, 주로 생계에 대한 고민을 하던 시절이었고, 그런 고민 때문에 주변에서 영화에 대한 비전을 못 보고 많이들 떠나간다고 생각했었거든요. 지금에 와서는 그것도 그렇지만, 어떤 것에 대한 마음이 식는 게 진짜 무서운 일이라는 생각을 했어요. 차라리 내가 지금 돈이 없으니 한 몇 개월 쉬고 돈을 벌어서 그다음에 영화를 찍으면 된다고 생각하는 거라면 훨씬 마음이 편할 것 같아요. 반면에 내가 이 일에 질려버린 거라면 그게 더 무서운 일이고, 그러면 진짜 끝이라는 생각이 들어요.

헤니　어쩐지 관계에 대한 얘기 같기도 하네요. 혹시 답을 찾으셨나요?

은정　비슷한 시기에 영화를 시작했던 친구들이 영화 스터디 같은 걸 하자고 제안해왔어요. 한동안 시나리오 쓰는 데 집중하다가 다시 영화를 공부하고 좋은 영화를 보니까 좋아하는 마음이 생기고 유지가 되더라고요.

헤니　역시 좋은 걸 많이 봐야 하는 것 같아요. 감독님은 어떤 영화를 좋아하시는지 궁금해요.

은정　사실 장르에 상관없이 좋은 작품은 좋은 작품이잖아요? 남들이 안 좋다고 말하고 만듦새가 떨어지는데도 제가 좋아하는 건 확실히 공포 판타지 장르예요. 이 장르에 관해선 제가 좀 관대한 것 같다는 생각을 종종합니다. 제 관심사여서 그런지 몰라도 유령이 나온다거나 하는 얘기들에 대해서는 다른 사람들이 별점 2점을 주더라도 저는 좋게 보려는 부분이 있는 것 같아요. 왜냐면 그 장르는 사실 아이디어를 한번 펼쳐보고 실현해봤다는 것 자체

창작하는 일들이 다 그렇겠지만 작업하는
과정에서 지나온 과거도 돌아보고
현재 내 주변도 둘러보고,
앞으로도 생각해보게 되잖아요.
그런 일이 기본적으로 사람을
건강하게 만들어주는 데가 있는 것 같아요.

가 정말 소중하거든요.

헤니   그런 관대함 없이도 좋아하는 영화는요?

은정   극장에서 작품을 볼 때는 '아름답다'는 느낌을 주는 안드레이 타르코프스키 감독의 작품, 고전 영화들 중에서는 <오데트> 같은 작품을 좋아합니다. 영화의 문법을 신중하게 사용하며, 장면 장면을 만들어가는 작품들이라고 할까요.

헤니   그런 아름답다는 느낌은 어떤 면에서 받으시나요?

은정   그러게요, 이런 면도 있는 것 같아요. 현대 영화에서는 배우나 인물에 집중하고 따라가는 영화들이 많은데 인물이 속한 공간과 잘 어우러지는 장면들을 봤을 때 아름답다는 느낌을 받는 것 같기도 해요.

헤니   저의 경우를 생각해보면 완전하지 않은 상황에서 찾아낸 의미가 텍스트나 이미지로 분명히 드러나지 않더라도 맥락으로 전달될 때, 그럴 때 어쩐지 감동을 받는 것 같아요. 꾸밈이 많은 작품은 별로 안 좋아하거든요.

은정   아마 제가 말하는 아름다움이라는 것도 말씀하신 대로 어떤 장식적인 것이나 인물을 떠나서, 만드는 사람도 느꼈을 만한 무언가가 담겨 있을 때인 것 같기도 해요. 내가 아무리 크고 좋은 생각을 하고 있어도 영화에 담기는 건 별개잖아요. 거기에는 운이나 여러 가지가 작용할 텐데 그게 됐을 때 보는 사람에게도 전달이 되는 것 같아요.

혜니   영화감독 일은 어떻게 시작하게 되신 거예요?

은정   대학교에서 예술학과를 전공으로 공부할 때, 영화학 개론이라는 교양수업을 듣다가 영화도 작가의 작품이라는 걸 알게됐어요. 그전까진 그냥 엔터테인먼트라고 생각했거든요. 그때 관심을 가지게 되면서 나도 저런 걸 만들고 싶다고 생각했어요. 처음엔 장편이나 상업영화를 만든다는 생각은 하지 못하고 어떻게 하면 내 경험과 감정을 영화에 담아낼 수 있을까를 생각했던 것 같아요. 그런데 막상 담고 싶은 것들이 생각한 만큼 전달이 잘 안되는 거예요.

그래서 내러티브를 짜봐야겠다는 생각이 들었고, 그게 2010년 정도였어요. 가상의 인물들을 데리고 이야기를 좀 다르게 바꾸거나 극대화시켜서 내가 전달하고 싶은 감정을 한번 잘 전달해보자는 생각으로 만들었던 작품이 2012년에 찍은 '낮과 밤'이라는 단편영화예요.

그 후 또 한 번의 변화가 있었는데, 이제 영화가 저의 직업이 됐으면 좋겠는 거예요. 왜냐면 그러지 않으면 다른 일을 하는 데 또 시간을 써야 하니까요. 그렇게 내가 좋아하는 장르가 무엇일까 생각해보니 추리, 공포영화, 판타지 쪽이었고, 그런 영화를 만들어야겠다고 생각한 게 2014년쯤이었어요.

혜니   매 단계에서 진지하게 고민하셨네요. 좋은 선택이었던 것 같아요.

은정   그런데 또 지나고 보니 각자의 속도가 있는 것 같아요. 누가 더 먼저 만들고 누구는 쉬어가고, 그런 게 크게 의미가 없더라고요. 다른 일 하다가 돌아와서 그간의 경험을 가지고 영화를 재

있게 만드는 친구들도 많거든요. 제가 미디액트에서 공부했을 때, 대학 졸업반이었던 한 친구가 자기는 한 3년은 회사에서 경력을 좀 쌓고서 영화를 해야겠다고 취직을 하더라고요. 그러더니 회사에서 대리를 달고서 퇴사해 그때 일한 경험으로 영화를 만들었는데 그게 진짜 대단하다고 생각했어요.

헤니　정말 그러네요. 계속 해나가는 게 쉽지는 않잖아요. 감독님의 경우엔 장르에 대한 고민이 더는 없었나요?

은정　처음에 추리 단편영화를 만들었을 때, 친구들이 제가 이전에 찍었던 것들이 더 좋다며 부족한 부분을 얘기해주었어요. 그래서 당시는 내가 뭔가 잘못 생각하고 있는지 의구심도 들었는데, 그런 좌충우돌하던 경험이 첫 장편영화를 만들 때 도움이 되었어요. 그때 '그래도 좋아하는 장르를 한번 해보려고 했던 게 맞았구나'라는 생각을 했던 것 같아요.

헤니　영화감독이라는 본인의 일을 어떻게 정의하고 계신지 궁금해요.

은정　제가 어떻게 보면 아직 신입이라서 뭐라고 표현해야 될지 모르겠어요. 그런데 만약 10대 친구들이 영화감독이라는 일에 대해 고민하면서 저에게 물어본다면 이 일이 좋다고 말해줄 것 같아요.

예전에 홍상수 감독님이 어떤 지브이 자리에서 본인은 직업이 영화감독이라는 게 행운이라고 하셨나 행복하다고 하셨나, 그런 얘기를 하셨는데 저도 거기에 동의해요. 창작하는 일들이 다 그렇겠지만 작업하는 과정에서 지나온 과거도 돌아보고 현재 내 주변도 둘러보고, 앞으로도 생각해보게 되잖아요. 그런 일이 기본적으로 사람을 건강하게 만들어주는 데가 있는 것 같아요. 그리고 영화라는 업계 자체가 자본과 많이 연결된 분야라 생계를 걱정하지 않아도 되는 것도 장점이라고 생각해요.

헤니   저희도 그런 얘기를 나눈 적이 있었어요. 영화 업계는 투자가 활발하게 이루어져서 부럽다고요.

은정   자본이 도는 곳이라는 게 이 업계가 유지되는 큰 부분인 것 같아요.

헤니   어떤 지향점을 가지고 작업하시는지 궁금해요.

은정   저라는 사람의 개성을 잃지 않으면서 장르적인 완성도를 높여보자는 게 저의 목표예요. 저는 클리셰도 필요한 부분이라고 생각해서 클리셰와 개성 사이에서 균형을 좀 잡아보고 싶어요. 클리셰를 어떻게 나다운 방식으로 사용할 수 있을지 고민하는 중이에요.
영화는 영역이 넓고 배울 것도 많고 탐험할 곳도 많은 넓은 세계라 좋은 것 같아요. 배워도 배워도 끝이 없고 해도 해도 부족하다고 느끼는 지점들이 원동력이 됩니다.

헤니   저는 특히 은정 님이 작업한 텍스트에서 매력을 많이 느꼈어요. '밤의 문이 열린다'라는 제목도 트라우마의 기억 구조를 드러내는 제목 같았고요. 영아기 트라우마를 가진 사람들은 존재의 양상이 이어지지 않고 자꾸만 끊어진대요. 그걸 정신적인 죽음이라고 프로이트는 표현하더라고요.

영화 소개 글을 읽고 감독님이 어떻게 유령이라는 것에 관심을 가지게 됐는지 궁금했어요.

은정   지금 쓰는 것도 유령이 나오는 이야기인데 앞으로 유령이라는 소재를 좀 더 다뤄보고 싶어요. <밤의 문이 열린다>의 경우, 구로사와 기요시의 영화를 보면서 '만약에 유령의 입장에서 이야기가 진행된다면 어땠을까?'라는 생각을 했던 게 계기가 됐어요. 왜 항상 유령이 퇴치되고 인간 세계에서 없어져야 되는 존재로 나오는지, 유령 입장에서는 왜 꼭 내가 사라져야 하는지 궁금하지 않을까 하고요. 그래서 포스트잇에다가 "유령이 주인공인 영화를 만들자"라고 써놨고, 나중에 결국 <밤의 문이 열린다>를 만들었죠.

헤니   유령도 그렇지만 신화나 동화같이 초월적인 존재가 등장하는 이야기들에는 남성 위주의 서사에서 탈락한 내용들이 많이 녹아들어 있다고 느껴요.

은정   시나리오를 쓰면서 유령, 보이지 않거나 좀 흐릿한 사람들, 비주류에 대한 것도 연결해서 생각하고 있다고 느꼈어요. 일본 만화에서도 요괴들이 밤에 나와서 인간이 다니는 길로는 안 다니고 자기들 길로 다니잖아요.

헤니   요즘은 어떤 고민을 하세요?

은정   고민까지는 아닌데, 20대에는 제가 좀 더 소극적이고, 우울하고, 좀 감정적이었거든요. 차분한 편이었죠. 근데 30대가 지나고 나면서 그런 면모가 많이 줄어들고 좀 더 밝은 모습들이 나

시나리오를 쓰면서 유령,
보이지 않거나 좀 흐릿한 사람들,
비주류에 대한 것도 연결해서
생각하고 있다고 느꼈어요.

오더라고요. 문득 이래도 괜찮은지 고민스러웠어요. 예전에 비해 고민이 많이 사라진 것인지, 너무 단순해진 건 아닌지 그런 생각이 들면서, 성격의 변화를 어떻게 받아들여야 할지 모르겠더라고요.

혜니　그래서 어떤 식으로 받아들이고 있나요?

은정　컨디션이 괜찮을 때는 변하는 모습도 결국 나라고 생각하고 받아들이려고 하는데, 좀 가라앉은 상태에서 그런 생각을 하게 되면 마음속에서 갑자기 뭔가 잘못됐다는 생각이 확 들면서, 빨리 일기라도 쓰면서 지금 세상에 어떤 일이 일어나는지 고민하자고 재촉하기도 해요.

혜니　아무래도 우울한 시기에 생각을 더 깊이 하게 되는 것 같아요. 마음이 편해지면 너무 익숙한 것에 안주하고 있나 걱정이 들기도 하고요. 창작하는 분들의 입장에서 그런 것에 조금 불안을 느낀 경험이 있으세요?

예지　저는 17살 때부터 사진을 찍기 시작했는데, 21살 때까지는 우울과 불안이 작업의 동력이었던 것 같아요. 그런데 20대 중후반을 지나면서 그런 치기 어린 우울감이나 폭발적인 에너지가 점점 사라지는 거예요. 이제 더는 할 말이 없다고 생각했는데, 당시에 만난 30~40년간 창작을 해온 분들이 "너는 왜 몸통 박치기밖에 못해?" 이렇게 얘기하더라고요. 왜 우회의 기술이 없냐고. 그게 있으면 좀 더 많은 사람을 포용할 수 있는 얘기를 할 수 있는데, 왜 나라는 진정성에만 갇혀 있냐고요. 창작을 오래 하다 보니까 그 진정성이 너무 거짓말 같대요. 그래서 요즘에는 나의 정서에 상관없이 다른 누군가한테 도움 되는 혹은 인상적인 얘기를 할 수 있는지 연구해보고 있어요.

근데 진짜 노력이 필요한 일 같아요. 저도 사진을 좋아하게 된 계기가 과거 찬미형 인간이어서 그랬거든요. 사진에 담긴 건 어쨌든 늘 지나가 있으니까. 그렇게 시제를 과거 쪽으로 두고 그리워하는데 그러다 보니까 현재를 아끼는 법이 아예 0%인 거예요. 그래서 현재에 적응하는 능력이 정말 필요하겠다는 생각이 들었어요. 그런데 은정 님은 자기의 밝아진 모습을 어떻게 체감하게 됐어요?

은정   저를 20대 초반에 봤다가 30대 초반에 다시 만난 사람이 "왜 이렇게 가벼워졌어?"라고 얘기하더라고요. 예전에는 훨씬 더 진중했던 것 같은데 왜 이렇게 가벼워졌냐고. 예전부터 저를 알았던 사람들도 저더러 밝아졌다고 하고요. 저도 영화를 좋아하거나 유령을 소재로 찾는 것이 결국 과거에 대해 얘기하는 걸 좋아해서 그런 게 아닐까 생각한 적이 있어요.

헤니   은정 님은 밝아진 거 어떠세요. 좋으세요?

은정   좋다고 생각하고 살고 있었어요.

예지   진짜 무기가 생기신 것 같아요.

헤니   삶의 방향을 좌우하는 중요한 결정 앞에서 나침반 삼아온 가치가 있으신가요?

은정   제가 원래 미술을 좋아해서 그림을 계속 그리고 싶었는데, 중학교에 올라갈 때 부모님이 우리 집은 미술을 시켜줄 능력이 안 되니 너는 공부를 해야 한다고 하시더라고요. 부모님이 그렇게 얘기하시니까 믿었죠. 그래, 우리 집은 미술을 할 형편이 안

되지. 그러면서 중고등학교 시절을 무기력하게 보낸 것 같아요. 그런데 고등학교 3학년 여름방학쯤 되었을 때 예체능과에서 공부하던 친구가 저한테 오더니 "은정아, 내가 선생님한테 물어봤는데 너 아직 안 늦었대"라고 얘기해준 거예요. 그 말을 딱 듣는 순간 부모님한테 얘기하지 않고 미술학원에 가서 수강 등록을 했어요. 제가 모은 돈으로 첫 달은 다니고서, 한 달 뒤에 부모님께 사실 이러이러해서 내가 미술학원을 다니고 있다고 말씀드렸죠. 그때 이후로 하고 싶다고 느끼면 포기하지 않겠다고 마음먹었던 것 같아요. 어려운 선택을 마주할 때마다 직감적으로 내가 하고 싶으면 하는 거고 안 하고 싶으면 안 해야겠다는 마음을 먹었죠. 물론 그렇게 애써서 미술 대학을 갔지만 1년 만에 영화가 좋아졌어요. (웃음)

헤니　　그 친구가 내 시야를 밝혀준 사람이었네요.

은정　　그랬던 것 같아요. 미술학원을 등록하고 왔더니 반 애들이 저를 응원해주는 거예요. 원래 인문계 반이었어서 반 친구들은 미술을 하는 것도 아니었는데요. 그때 내가 이렇게 도움을 요청하면 들어줄 수 있는 사람들이 있다는 걸 알게 된 것 같아요.

예지　　도움 요청을 잘하는 것도 능력인 것 같아요. 창작 작업의 경우는 혼자 책임지고 헤쳐 나가야 하는 것들도 많잖아요. 그런데 전 결국 작업은 어떤 도움을 받더라도 마지막엔 나 혼자 종지부를 찍어야 하는 일이란 생각이 들어요.

은정　　맞아요. 결국에는 내가 진짜 원하는 게 뭔지를 들여다보는 기술을 더 키워야 하는 것 같아요. 사실 머릿속엔 이미 어떤 답이 있는데, 그것을 에워싼 껍데기를 잘 벗겨내고 보는 것 자체가 어려운 일인 것 같아요. 직감을 잘 느껴야 되고 그걸 무시하면 안 된다는 생각을 작업할 때 많이 하게 돼요. 마음 깊은 곳에서 '아니 이건 아닌 것 같아'라는 소리를 무시하고 진행하면, 아무리 주변에서 100명이 좋다고 말해도 나에겐 좋은 것이 아닌 게 되는 경우가 있더라고요.

헤니　자기가 선택한 길을 이제 막 걸어가려는 친구들에게 자기 마음을 들여다보고 자신이 원하는 것을 알아보는 방법에 관해 해주실 얘기가 있나요?

은정　무언가 직감했을 때 밀고 나가는 것. 무척 어려운 일인데, 평소에 연습을 많이 해야 하는 것 같아요. 평소에도 내가 뭐가 먹고 싶은지, 지금 뭘 하고 싶은지, 내가 어떨 때 기분이 좋다고 느끼고 뭘 싫어하는지를 자주 들여다보고 시도해보면 연습이 되는 것 같아요.

헤니　글쓰기 수업에서 엘렌 식수의 '메두사의 웃음'이라는 논문을 같이 읽었는데, 여자들이 처음 발화할 때를 살펴보면 자기 안에 있는 걸 바깥 공간으로 내던지듯 이야기한다는 부분이 인상적이었어요. 자기 안에서 워낙 오래 뱉어내지 못하고 쥐고 있던 얘기라는 거죠.
그 즈음이 저는 생각하는 걸 소리 내서 말하기 시작했던 때였거든요. 그러면서 사람들이 누군가 본인의 의견을 자신 앞에서 말하는 것을 불편해 한다는 걸 느꼈어요. 저는 제가 느낀 대로 이야기하는 것이 정말 중요했는데, 그런 저를 자의식이 세다고 받아들이는 사람도 있었어요. 그런데 사람들이 말하는 자의식이 세다는 건 오히려 자기가 느끼는 걸 무시하고 외부에서 수집한 모습들로 꾸민 포장지가 두꺼운 사람을 말하는 것 같아요. 자신이 느끼는 것을 외면하려고 하면, 당연히 자신만의 기준이 생길 수가 없는 것 같아요.

예지 어떤 저항감을 느끼면서도 이야기하는 건 중요한 것 같아요. 대인관계 안에서 옹호의 과정을 다들 편해 하는 것 같은데요. 작품을 읽든, 뭘 먹든, 자기 고민을 얘기하든, 자기가 원하는 답을 안 줬을 때 사람들이 당황하는 모습을 자주 봐요. 그런데 그러다 보니 깊은 논의가 되지 않은 채 지나가는 일들이 너무 많은 것 같아요.
그럼 늘 옹호를 바라면서 작업을 해야 할까 고민스러웠는데, 보리스 그로이스라는 예술비평가가 "타인에게 관심을 사려면 반감을 사야 한다"고 말한 걸 접하고서 보니, 남자 창작자들이 그걸 되게 잘하는 거예요. 홍상수 감독이나 박찬욱 감독부터 시작해서 많이들 반감의 프로세스로 작업하는 게 보이면서 그게 참 중요하다는 걸 깨달았어요.

혜니 한국 작품들 너무 착하다는 얘기는 많이들 하는데, 어떤 불편한 이야기를 꺼내는 건 다들 어려워하는 것 같아요. 사실 거기부터가 재밌잖아요. 합이 잘 안 맞고 서로 생각이 달라서 뭔가 잘 안 풀릴 때.
창작자들은 자기 세계가 있어야 작업을 할 수 있잖아요. 그걸 위해선 혼자 있는 시간이 필수적인 것 같은데, 혼자 있는 것과 다른 사람들과 함께 있을 때 사이를 어떻게 조율하고 계신지 궁금했어요.
은정 제가 한 1년 반 정도 시나리오 쓰는 데 집중하겠다고 다른 것들을 다 잘라내고 살았는데, 어느 순간 일상이 사라진 것 같

평소에도 내가 뭐가 먹고 싶은지,
지금 뭘 하고 싶은지, 내가 어떨 때 기분이
좋다고 느끼고 뭘 싫어하는지를
자주 들여다보고 시도해보면 연습이 되는 것 같아요.

고 정말 황폐한 느낌이 드는 거예요. 그때 이런저런 수업을 듣기도 하고 운동을 시작했는데 함께하는 사람들 모두 너무 즐거워하고 저도 그렇고 해서 재밌게 지내고 있어요.

다른 사람들하고 있을 때는 그들의 반응과 기분에 민감하게 반응하게 되면서 저의 겉을 만져가는 기분인데, 카페에서 시나리오를 쓰는 등 혼자 있을 땐 그럴 필요는 없으니 좀 더 자연스러워지는 것 같긴 해요. 나에 대해서 생각하는 시간도 생기는 것 같고요. 더 단순하게는 책을 읽다가도 어떤 문장이 나를 건드리면 왜 지금 나에게 와닿는지 생각해보고, 연결되는 관심사를 더 찾아볼 때가 있는데, 그런 시간은 확실히 혼자 있을 때 가능한 것 같기는 해요. 근데 사실 그런 건 혼자 있는 시간 중에서도 10분의 1 정도이고, 나머지 10분의 9는 방에 누워 뒹구는 것 같지만요. (웃음)

예지　혼자 있는 시간이 매끄러워지기까지의 노력은 없으셨어요? 저는 20대에는 혼자 시간을 보내는 게 너무 어려웠거든요. 남들을 배려할 만한 여분의 에너지가 없는 상황에서 사람들의 기분을 신경 쓰고 그들과 밀도 있는 시간을 보내고 오면, 정말 방전되어버려서 충전까지 너무 오랜 시간이 걸렸어요. 그 매끄러움을 찾기까지 과정이 어땠는지 궁금해요.

은정　저는 혼자 보내는 시간이 남들보다 긴 편이었어서 오히려 사람들을 만나는 시간에도 혼자 있는 사람처럼 굴었던 적도 있던 것 같아요. 예컨대 혼자 있을 때 우울했더라도 다른 사람과 만날 때는 좀 웃으면서 만날 수도 있잖아요. 근데 전 우울한 기분 그대로 그 사람을 만났어요. 그래서 저는 우울함으로 깊숙이 빠지더라도 혼자 있는 시간을 좋아했던 것 같아요. 오히려 다른 사람을 만날 때 말씀하신 대로 어떻게 하면 에너지를 너무 많이 소비하지 않으면서도, 좀 더 자연스럽고 상대를 배려하는 만남을 할 수 있을지 고민을 많이 했던 것 같아요. 영화 일을 하면서 좀 더 배워 나갈 수 있었죠.

혜니   어떤 선택을 한 뒤에 후회하신 경우도 있으신가요?
은정   친구와의 관계든, 연애에 있어서든 사람과의 관계에서 보통 후회가 남는 것 같아요. 어떤 관계를 좀 더 신경 썼으면 좋았을 텐데, 아니면 관계를 이어가려고 노력해봤으면 좋았을 텐데 생각하게 되면서 결국 후회로 남더라고요. 사실 이런 얘기를 하는 순간에도 연락하면 되긴 하는데 못하죠.
제대로 맺음하지 못한 것을 때를 놓쳐 맺지 못했을 때 후회하는 것 같아요. 그래서 저는 김보라 감독님이 영화 <벌새>를 만들기 위해서 가족들과 과거의 이야기들을 끊임없이 나누고 상처들을 다시 끄집어내서 아물게 하는 과정을 거치셨다고 했을 때 진짜 대단하다고 생각했어요. 엄청난 작업이었을 것 같아요.

혜니   대사에서 그런 게 좀 느껴졌던 것 같아요. 저는 제일 기억에 남는 게 주인공 아이가 선생님에게 오빠가 때렸다는 이야길 하니까 그 선생님이 누구도 그렇게 하도록 두지 말라고 얘기하잖아요. 개인적인 느낌일 수 있겠지만 그 대사는 자기 자신한테 하고 싶었던 이야기인 것처럼 느껴졌어요.

예지   은정 님이 기대하는 미래나 꿈꾸는 미래에 대한 모습이 궁금해요.
은정   아직까지는 작업에 대한 욕심이 있어가지고 건강할 때

열심히 만들어야겠다는 생각을 하고요. 나이가 들어 힘이 좀 빠지면 영어를 공부해야겠다는 생각도 해요. 아직은 그냥 좋아하는 것에 좀 더 집중하고 살려고 하고 있어요.

예지　노년의 어떤 거장을 보면 본인을 회고하는 영화를 소탈하게 만드는 경우도 있던데, 은정 님의 마지막 영화는 어떤 모습일까요? 한 장면을 떠올려주셔도 좋고, 최종의 이미지를 떠올려봐도 좋고요. 저는 사진을 찍으면서 내가 마지막 장이라고 느끼게 될 이미지가 뭘까 늘 생각하거든요.

은정　이런 질문은 처음 들어봤어요. 듣는 순간 머릿속을 스치고 지나간 영화가 있는데 데릭 저먼 감독의 '블루'라는 영화가 있어요. 파란색 화면 속에서 감독의 내레이션만 나오는 영화인데, 그 영화가 감독이 병에 걸려가지고 죽음을 앞두고 있을 때 만들었다고 했던 것 같아요. 그와 비슷하게 마지막은 유령처럼 이미지가 없이 목소리만 남겨도 좋겠다, 그런 생각이 드네요. 유령은 눈에 보이지 않으니까.

예지　마지막으로 하고 싶으신 얘기가 있나요.

은정　이 책을 읽는 분들이 마음속에 하고 싶은 말이 있거나 하고 싶은 일이 있었다면 용기 내서 꼭 한번 해보시면 좋겠어요. 창작을 하면 저는 분명히 도움이 될 거라고 생각해요.

헤니　해본 사람의 이야기네요.

예지　해봐야지만 할 수 있는 이야기.

샐러리 닭 만두

ingredients.

1.닭 육수
닭 뼈 1kg
물 2ℓ
샐러리 1/2줄기
양파 1/3개
당근 1/2개
생강 1조각
마늘 3쪽
통후추
소금

2.만두피
중력분 250g
물 125ml

3.속재료
닭 허벅지살 400g
종종 썬 샐러리 3큰술
피시소스 2큰술
적식초 2큰술
올리브오일 1큰술
방금 간 생강 3작은술
소금 2작은술
후추 약간

4.소스
흑식초 2큰술
간장 1큰술
산초고추기름 1작은술
채 썬 생강 1큰술
깨소금 한 꼬집

how to.

1. 닭 육수 : 닭 뼈의 지방, 엉덩이 부분은 제거해서 버린다. 냄비에 닭 육수 재료를 넣고 거품을 걷어가며 중약불에서 1시간 정도 끓인다. 체나 면보에 거른다.

2. 만두피 빚기 : 볼에 밀가루를 붓고 물을 조금씩 더하며 젓가락으로 천천히 저어준다. 남는 가루가 없게 뭉쳐서 손바닥의 힘으로 반죽한 뒤 랩으로 덮어 10~15분 둔다. 다시 반죽한 뒤 반죽이 부드러워질 때까지 30분~1시간 동안 덮어둔다. 반죽의 중심에 구멍을 뚫어 커다란 링으로 만든 뒤 4조각으로 자른다. 나머지 반죽은 마르지 않게 덮어두고, 작업대에 밀가루를 뿌린 뒤 반죽 하나를 같은 크기로 7-8등분해서 하나씩 밀대로 밀어 완성한다.

3. 속재료 : 닭고기를 조각내 썰어 믹서에 넣고 갈아서 소시지미트처럼 만든다. 찐 양배추를 채 썰고, 샐러리를 감자칼로 얇게 채 썰어 다져 넣는다. 작은 달걀을 하나 섞고 적식초, 간생강, 소금, 후추로 입맛에 맞게 간한다. 찌거나 구워서 간을 확인한다.

4. 마무리 : 만두피에 속재료를 한 스푼씩 올리고 손가락으로 가장자리에 물을 칠해 반으로 접는다. 원하는 모양대로 만두를 빚는다. 찜기에 만두를 올리고 6~8분 정도 찐다. 우묵한 그릇에 만두를 넣고 닭 육수를 자작하게 붓는다. 얇게 썰어놓은 샐러리 칩으로 장식한 뒤 소스를 곁들여 낸다.

5. 산초기름 : 고운 고춧가루와 산초를 그릇에 섞어둔 뒤 향이 적은 기름을 뜨겁게 가열해서 부어서 만든다. 시나몬, 정향, 아니스 등 향신료를 더해도 좋다.

recommend.

유령에 관련된 이야기면 뭐든 관심이 생긴다는 은정 님이 좋아하는 음식이 만
두라는 이야기를 듣고 나니 만두피를 뒤집어 쓴 유령들이 둥둥 날아다니는 모
습밖엔 떠오르지 않았어요. 부드러운 닭고기로 속을 채우고 뽀얗게 고운 육수
위에 띄워주었습니다. 세련된 맛을 더하려 샐러리를 부재료로 사용했습니다.

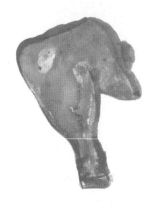

유령같이 하얀 얼굴의 만두를

찜기에 올려

겉과 속이 고루 잘 익도록 푹 찐다

우묵한 접시에 만두를 올리고

뜨거운 육수를 그 위로 붓는다

샐러리를 고명으로 만들어

가려진 속맛을 드러낸다

언어에 조응하거나 거리를 두기

최리외
번역가

헨조이　자기소개를 부탁드려요.

리외　최리외 또는 최현지, 책과 문학의 주변에 있는 사람입니다. 책을 다루는 유튜브와 팟캐스트를 만들었고 책을 매개로 사람들과 이야기하는 자리를 여러 가지 방식으로 만들고 있어요.

예지　계정 아이디가 웨일 사운드(whale sound)인데 그 의미와 리외라는 이름의 뜻이 궁금해요.

리외　'고래 소리'의 뜻을 누군가 물어봐준 건 처음인 것 같아요. 칼 세이건의 『코스모스』고래 파트를 한 친구가 읽고 네가 생각나더라고 이야기해줘서 읽어보니, 북극이랑 남극 양극단에 있는 두 고래가 서로의 소리를 들을 수 있다는 표현이 있었어요. 그게 너무 아름답다고 생각했어요. 물리적 거리에 상관없이 누군가가 내 소리를 듣고 나도 그 존재에게 가닿을 수 있다는 마음으로 살아야겠다는 바람으로 사용하게 되었어요.

이름이 왜 '리외'냐는 질문은 많이 받았어요. 20대에 까뮈에 너무나 빠져 있던 시절이 있었는데요. 그때 『페스트』라는 장편소설에 나오는 등장인물 중에 한 명인 리외의 이름을 따왔어요. 리외는 페스트로 잠식된 도시에서 의사로 살아가는 인물이거든요. 이미 망해버린 도시에서 그곳을 떠나지 않고 사람을 살리기 위해 뭐라도 해보려고 하는 사람이어서 그런 모습이 멋있다고 느꼈어요.

헤니　저는 리외 님이 코끼리를 좋아하는 걸 보니 주변에 코끼리를 좋아하는 사람들이 같이 생각나더라고요. 그들의 공통점은 자신에게 충분한 힘이 있지만 남에게 해를 끼치고 싶어 하지 않는다는 걸 스스로 의식하고 있다는 점 같아요.

리외   저도 그래서 코끼리를 좋아해요. 코끼리는 맹수 같은 덩치에 힘도 엄청 센 데다 화가 나면 정말 무섭거든요. 근데 자신이 가지고 있는 폭력성을 내보이지 않고 다른 존재들을 온화하게 챙기고 돌보는, 사랑이 많은 거대 동물이에요. 고래나 코끼리처럼 덩치가 큰데 온화한 동물들을 좋아해요.

예지   코끼리에 대해서 이렇게 집중해서 대화해본 건 처음인 것 같아요. 처음 코끼리와 사랑에 빠지게 된 건 언제였어요?

리외   10대 시절 읽은 책 중에 '코끼리 소녀 푸야'라는 책이 있었어요. 코끼리와 함께 사는 소녀에 관한 이야기예요. 그 책을 읽으면서 코끼리의 습성에 대해서 배웠고 코끼리가 어떻게 살고 어떻게 죽는지, 그리고 어떻게 다른 코끼리들이랑 같이 살아가는지에 대해서 알게 됐어요. 그들의 방식이 너무 아름답다고 생각했죠.

헨조이   요즘은 어떻게 지내고 계세요?

리외   장편소설 번역을 계속하고 있고, 혼자 글을 쓰고, 수업을 듣고, 개강을 했어요. 얼마 전 다시 학생이 되었습니다.

예지   저는 '번역과 말'이라는 얇은 책에서 읽은, 가장 강도 높은 독서는 번역이라는 말이 기억나요. 단순히 언어만 옮기는 일이 아니라 잠시 작가의 영혼을 불러와서 번역해야 되는 구간들도 많다고요. 번역을 어떻게 시작하시게 됐는지 궁금했어요.

리외   저 또한 번역의 매력을 너무 사랑해서 '번역을 하고 싶다,

두 언어 사이에서 교차되는 부분, 겹쳐지는 부분,
반드시 번역될 수 없는 어떤 지점이 있어요.
그런 알맹이들을 찾아내는 것도 너무 좋아하고
기본적으로 언어를 가지고 노는 걸
되게 좋아해요.

번역을 나의 생계 수단으로 삼고 싶다'와 같은 생각을 많이 해왔던 것 같아요. 언어와 언어 사이에서 줄타기하듯이 이 언어도 아니고 저 언어도 아닌 a와 b, 그 사이의 공간에서 떠다니다 보면 두 언어 사이에서 교차되는 부분, 겹쳐지는 부분, 반드시 번역될 수 없는 어떤 지점이 있어요. 그런 알맹이들을 찾아내는 것도 너무 좋아하고 기본적으로 언어를 가지고 노는 걸 되게 좋아해요.

번역하는 사람으로 살아야겠다고 결심을 한 이후로는 다양한 장르의 텍스트를 번역했던 것 같아요. 전시 도록, 다큐멘터리 촬영본 번역 등등이요. 해외 촬영본 초벌 번역은 인터뷰나 현장 촬영본 수십 시간짜리를 전부 다 번역해요. 거기서 제작팀이 쓸 만한 부분을 찾는 거죠. 여러 가지 드라마 대본 번역도 했어요. 단행본 번역의 경우 번역전문대학원을 졸업한 게 아니라면 몇 년 정도 외서검토서 작성부터 맡는 게 보통인데, 저도 5년 정도 검토서 작성만 했어요. 그러다 단행본 소설 번역 계약을 한 게 작년 1월이었어요. 새롭게 데뷔하는 느낌이에요.

예지 다른 장르 번역을 하다가 이제 본격적으로 문학 번역을 하고 계신 거잖아요. 해보니 어떠세요?

리외 사실 꼭 문학이 아니어도 되겠다는 생각이 들었어요. 번역 자체가 좋은 거라면 꼭 문학 번역이 아니어도 언어를 다루는 거면 다 좋겠다고요. 내 지식의 범위를 넓혀가야 되는 부담은 있겠지만요. 특히 소설 번역을 하다 보면 이 작가의 문체와 저의 문체 사이에서 고민이 많이 되는 지점이 생기는 것 같아요. 내가 너무 많이 투입되는 건 아닌지, 이 작가가 원문에서 작성한 문장의 특성을 내가 제대로 가져오고 있는 게 맞는지 이런 물음을 계속하게 돼서 그 부분이 어려운 것 같아요. 오히려 건조한 문장을 번역하는 게 내 마음의 동요가 좀 덜하지 않을까 그런 생각도 들고요.

예지 상대방의 욕망과 만났을 때 그걸 다시 덜어내는 게 어렵잖아요. 한쪽의 욕망이 우세할 때 일이 어렵게 느껴지는 것 같아요.

리외 너무 어려워요. 그리고 사실 번역하는 사람의 높은 비율이 문학 번역을 하고 싶어 하는 것 같기도 해서 저는 오히려 공급이 적은 분야로 가는 게 생계유지 수단으로는 더 안정적일 수 있겠다, 그런 생각도 들어요. 솔직하게.

헤니 저는 그냥 프랑스어가 좋아서 작년에 그림책 번역을 해봤어요. 내가 할 수 있는 일인지 궁금하기도 했고 분량이 적어서 그림책 영역을 선택했는데 막상 해보니 텍스트 양이 적어서 숨을 곳이 없더라고요.

리외 저도 번역을 하다 보면 숨을 곳이 없는 느낌이 많이 들어요. 이 일을 하다 보니 다른 외서에서 번역가의 자아가 느껴지는 경우들이 생기더라고요. 예전에는 책을 읽으면 그 작가의 작품을 읽는 거라고 생각했는데 사실은 원문과 번역본 사이에 번역가라는 존재가 안 보이게 숨어 있고, 그 숨어 있는 존재가 단어 선택이나 문장 구성 등 여러 구석에서 많이 드러난다는 걸 느끼고 나니, 저도 어떤 순간에는 되게 부끄럽겠다는 생각도 들어요. 숨지 못하니까.

예지   저는 문학이나 이론서 읽을 때 그런 걸 많이 느끼는 것 같아요. 자기 투영을 했거나 혹은 욕망이 과해서 이 책을 자기가 삼키려고 하는 듯한 인상을 받을 때가 있는데, 그럴 때 읽다가 멈칫하게 되는 경우가 많이 생기더라고요.

헤니   번역을 탓하려는 게 아니라 진짜 좋아하는 작가의 책은 원어로 쓰인 책을 단어를 일일이 찾아보면서 읽을 때가 있는데 그게 더 쉽게 와닿고 도움되는 경우가 많더라고요. 하지만 한편으론 번역가가 하는 일에 비해 대우가 너무 열악하다는 생각도 들어요.

리외   너무 열악한 곳이죠. 안 좋아하면 못하는 일 중에 하나인 것 같아요.

예지   창작의 근방에 있는 모든 일들이 소명의식이 있어야 할 수 있다는 느낌이 너무 강해요. 그게 아니면 애초에 할 수가 없지 않나 싶은 생각이 들 정도로요.

헤니   한편으로는 이건 좀 아닌 것 같다 싶으면 불평 정도는 할 수 있어야 한다고 생각해요.

예지   확실히 필요하죠. 그래서 몇 년 전부터 한국예술인복지재단 등의 지원 단체나 제도들이 생긴 것 같아요. 사람들이 화를 냈기 때문에 조금씩 개선되고 있다는 느낌을 받아요.

리외   맞아요. 조금씩 아주 느리지만 더 많은 사람들한테 기회를 주고, 아주 많은 돈은 아니지만 그래도 더 많은 사람들에게 가닿도록. 그렇게 되어가고 있는 것 같아요.

헤니   이런 식으로 여쭤봐도 될지 모르겠지만 지금 하고 있는 일, 문학을
어떻게 정의하세요?

리외   제가 미리 생각해본 건 언어와 언어 사이를 오가며 틈새
를 발견하는 일, 듣고 겪은 것을 쓰는 일이라는 거예요. 그게 문학
이랑 동의어는 아닐 수도 있을 것 같은데, 저에게 문학이란 '지금
여기'를 벗어날 수 있게 해주는 것이에요. 저에겐 그게 오랫동안
너무 중요했어서. 쉽게 규정되는 나, 다른 사람들이 보는 '나'에서
벗어나 지금 내가 있는 바로 이곳과 이 시대를 벗어날 수 있는 너
무 좋은 탈출구였어요. 그래서 문학을 어떤 이야기나 서사, 잘 짜
인 어떤 것이라고 보기보다는 벗어나게 해주는 것, 펼쳐서 읽으면
다른 세계로 다녀올 수 있게 하는 무언가로 생각하는 것 같아요.

예지   저는 타인의 독서법이 너무 궁금했어요. "책 한 권만 읽은 사람이
제일 무섭다"라는 말이 있듯이 독서에도 자기만의 방식이 있고, 잘못하면
위험한 일이라고 생각할 때가 있거든요. 지금 내가 읽는 방식이 맞는 것인지
스스로 우려스러울 때도 있어요.
저는 베스트셀러 목록을 볼 때마다 놀랄 때가 많아요. 회피하는 독서가 있고
자신을 직시하는 도구로서의 책이 있는 것 같은데 어떠세요? 책은 탈출구이
면서도 나를 잊게 하는 일이기도 하잖아요. 그런데 그런 느낌만으로는 오독
을 하기 쉽다는 생각도 들어요. 어렸을 땐 책을 되게 많이 읽었던 것 같은데,
그때 저는 제가 읽는 서사와 완벽하게 분리가 안 됐던 것 같아요.

저에게 문학이란
'지금 여기'를 벗어날 수 있게 해주는 것이에요.

헤니   저는 그게 나이와 시기에 따라 꼭 지나야 하는 과정인 것 같아요. 이야기 안에 완전히 들어가는 건 자신을 완전히 잊어버릴 수 있는 일이어서 좋은 것 같기도 하고요. 왜냐면 자기가 생각하는 자기가 너무 강해지는 게 사실 문제잖아요. 책을 읽고 나서 그 세계를 완전히 놓아두고 다시 돌아오는지, 아니면 다른 사람의 서사를 가져와서 내 것으로 만드느냐의 차이인 것 같아요.

리외   저한테는 회피와 직시의 독서라고 명명해주신 그 두 가지가 다 있는 것 같고 비율이 거의 비슷한 것 같아요. 회피를 위해서 읽는 책들은 엄청 좋아하는 제 취향의 책들이라고 할 수 있을 것 같은데, 거기에서는 주로 재미를 추구하거나 문장의 아름다움을 흡수하죠. 직시를 위한 독서는 스스로에게 약간 강제하는 것 같아요. 취향이 아니거나 어렵고 재미없을 수 있지만, 이런 책을 읽어야 한다는 규율을 부과해서 나에게 새로운 생각을 하게 하려고요.

그리고 당연히 독서는 자기의 것으로 만드는 과정의 일부여서 자신의 삶 또는 자신의 어떤 일면이랑 거울상처럼 자꾸 겹쳐 보면서 나아갈 수밖에 없는 것 같고, 나라면 어떻게 했을 거야라든지 나는 생각이 다른 데라든지, 이런 식으로 나와 계속 엇나가고 교차되는 지점을 발견하는 것 자체가 하나의 재미인 것 같아요.

한편으로는 그간 잊고 있던 나의 여러 모습을 발견하는 계기가 되는 것도 같아요. 내가 알고 있는 나, 아니면 익숙한 내 모습이 있잖아요. 사실은 그 모습 말고도 내가 완전히 잊고 있었던 모습이나 기억 속에만 흐릿하게 남아 있는 내 모습, 또는 잊고 싶은 내 모습도 있을 텐데 여러 가지 요구들 속에서 정형화된 모습만으로 일상을 살아가기가 쉽죠. 관성도 생기고요. 근데 독서를 할 때 그 모습에서 해방되는 것 같아요. 일상을 살아가는 내 모습도 있지만, 되게 미친 나도 있고 분열된 나도 있고, 그 여러 모습들을 책 안에서 찾아내는 순간이 좋은 것 같아요. 그게 자유롭다고 느껴져요.

예지　너무 아름다운 이야기네요. 이미지를 다루는 제가 느끼기에는 독서를 잘하는 분들과 대화를 해보면 자기를 잘 알고 자신을 보호하는 마법진을 독서를 통해서 그리는 느낌이에요. 여러 개의 자아가 균형 잘 맞는 그림들을 구성하고 중앙에는 자아가 있는 식으로. 그래서 그 사람을 이루는 주위의 부피가 큰 것 같아요.

헤니　또 반대로 생각하면 그 마법진을 지워나가는 작업인 것도 같아요. 저는 책을 읽으면 보호막이 없어진다고 느끼거든요. 내가 비밀로 해온 것들을 책에서 문장으로 만날 때 특히 더 그렇게 느껴요. 그럴 때 구성의 종류도 더 다양해지고 생각의 크기도 키워나갈 수 있다는 게 재밌어요.

예지　책을 읽는 경험을 이미지화 한다면 각자 다르겠죠? 어떠세요?
리외　갑자기 문득 떠오른 것은 소라 소리를 바다 앞에서 듣는 장면이에요. 바다가 눈앞에 있어서 그 소리가 귓가에 들려오는데도 나는 소라 구멍을 통해서 겹쳐지는 소리를 들어보는 거죠. 앞에 있고 들려오고 있는데도 나는 여기에서 비슷하면서도 다른 소리를 듣는 장면이요. 이유는 모르겠어요. 갑자기 떠올랐어요.

예지　전 그런 추상들이 정말 좋더라고요.

헤니   저는 헨델과 그레텔 이야기처럼 숲속으로 빵조각을 쫓아가는 장면이에요. 끝에 과자집 마녀가 저를 잡아먹으려고 기다리고 있겠지만.

리외   재밌다. 그리고 독서를 많이 할수록 더 편협해지기도 하는 것 같은데 편협해지지 않기 위해서 저는 다른 사람과 함께 읽는 게 꼭 필요한 것 같아요. 보통 독서를 혼자 하는 것으로, 어딘가 고독하고 조용한 행위처럼 생각하는 사람이 많은데, 모든 책을 그렇게 읽을 필요는 없는 것 같아요. 사실 사람들마다 생각이 다 다르고 한 책을 읽는 방식도 다 다르기 때문에 누가 맞고 틀리고가 없어요. 책 자체도 하나의 타자인데 이 타자를 두고 다른 타자들이랑 같이 나누는 일이 겹겹이 쌓이는 특별한 종류의 이해를 가져다주는 것 같아요. 그래서 그 사람들의 말이 나를 스쳐 지나가더라도 이 사람은 이 부분을 이렇게 이해하는구나 하면서 나와 다른 지점에 대해 한번 생각해볼 수 있는 점이 스스로에게 의미 있다고 생각해요. 그래서 같이 이야기 나누고 감상을 나누는 시간이 점점 더 중요하게 여겨져요.

예지   그런 자리를 계속 꾸려오셨잖아요. 팟캐스트도 하셨고, 독서 모임도 하시고. 그런 경험들을 좀 더 세밀하게 얘기해주실 수 있나요. 책을 소개하는 일이 쉽지 않을 거라는 생각이 들거든요.

리외   맞아요. 사실 책에 관한 이야기를 제가 진행하는 과정이 지나치게 자의적이고 주관적인 것 같다는 생각을 많이 했어요. 너무 나의 읽기 방식으로 얘기하고 있다는 생각도 들었고요. 그게 사실 어쩔 수 없는 저의 한계라고도 느끼는 한편, 다른 사람들이랑 같이 있는 게 다행이라는 생각이 들었어요. 항상 누군가와 같

이 했거든요. 팟캐스트도 유튜브도요. 만약 저 혼자 했더라면 못 했을 것 같아요. 독서클럽도 제가 준비해온 것은 이런 방향이지만 꼭 그 방향으로 얘기하지 않아도 좋으니 자유롭게 얘기해주셨으면 좋겠다고 말하며 시작해요. 저 스스로에게도 다른 사람들의 해석을 듣는 일이 정말 필요하다고 느껴요.

헤니   그러면 좀 궁금한 부분이 저희의 인터뷰 주제가 혼자 보내는 시간이잖아요. 자신의 모습을 개별적으로 만들어온 사람들에게는 혼자 있는 시간이 꼭 필요한 한편, 주변인이 없다면 아예 그 구성 자체가 불가능하다고도 생각하는데 리외 님은 '혼자'라는 키워드에 대해서 어떻게 생각하세요?

리외   갑자기 떠오르는 일화가 있는데요. 제가 어떤 친구한테 "그 사람 되게 외로워 보여요"라고 말한 적이 있는데 그걸 들은 친구가 그 사람에 대한 모욕이라고 얘기했던 적이 있어요. 그때 이해가 잘 안 됐거든요. '왜 외로운 게 모욕적인 말이지?' 외로운 상태에 대해서 저는 부정적으로 생각해본 적은 없는 것 같거든요. 외롭기 때문에 어딘가로 튕겨나가거나 쭉 나아갈 수 있는 힘을 받을 수도 있다고 생각하고, 저의 경우에도 그랬던 것 같아요.

그리고 반드시 혼자여야만 다른 사람을 만날 수 있는 것 같아요. 왜냐하면 저의 경우에는 혼자일 때 누군가를 만나고 싶다는 욕망이 가장 강해지는 것 같거든요. 정말 혼자라고 느낄 때 그 간절함 때문에 발견하게 되는 사람들이 분명히 생기는 것 같아요. 그런 상황에서 저는 같이 대화 나눌 누군가가 필요하다고, 꼭 그 사람을 찾을 거라고, 어딘가에 가서 닿을 거라고 생각하고 막 찾아다녔거든요. 그런 방식으로 관계를 맺어온 사람들이 이제는 정말 대

다수가 됐어요. 무슨 지연 학연 이런 식으로 만난 사람들이 아니라, 내가 찾아 나서서 발견한 사람들이 훨씬 많아졌고, 그런 사람들이 나에게 주는 힘을 느끼고 있기에, 혼자일 때 만날 수 있는 것들이 분명히 있다고 생각합니다.

헤니 **혼자는 기존의 나를 구성하고 있는 것들에서 벗어나는 일이네요. 가족과도 연결시킬 수 있을 것 같아요.**

리외 맞아요. 원래의 나를 벗어나려는 의지가 강했던 것 같아요. 내가 속한 환경, 내가 속한 집, 가족, 부모, 출신 지역, 배경… 이런 여러 가지 단어로 설명되는 그것들에서 무작정 떠나고 싶었는데 이제는 꽤나 멀리 잘 떠나온 것 같아요. 그 과정에서 내가 혼자였기 때문에 만날 수밖에 없었던 사람들도 있었고, 아직까지도 그들이 제게 힘이 되어줘요. 자주 보고 밀착되어 있는 관계보다는, 느슨하게 만나고 연락을 나누더라도 마주보고 충분히 기꺼운 대화를 나눈 다음 흩어지는 관계들이요. 독서클럽에서 만난 분들처럼요. 혼자였을 때 좋은 관계를 많이 만났다는 점에서 전 운이 좋은 것 같아요.

헤니 **사람들에게 '혼자'라는 단어를 꺼내면, '같이'라는 가치에 관한 이야기를 듣게 되는 때가 많아요. 근데 그 두 가지가 꼭 서로 대립하는 건 아닌 것 같아요. 저에게도 혼자일 수 없으면 같이하는 것이 불가능하게 느껴지거든요.**

예지 전 최근에 혼자 살기 시작했는데 혼자 지낼 때 균형 감각이 있어야 누군가랑 같이 있을 때도 좋다고, 나를 사랑할 줄 알아야 다른 사람도 사랑할 줄 안다는 사랑의 표본 같은 그 말이 정말 맞더라고요. 저는 제가 혼자 있을 때 행복감을 느낀다는 것도 최근에 알았어요. 외로움이 곧 자유로움이 될 때가 많더라고요.

리외　사람마다 다르겠지만 저는 혼자 있을 때는 무조건 행복한 것 같아요. 너무너무 좋아요. 저는 타인에게 무언가를 전달하고자 하는 욕구도 강한 사람이고, 경청한다는 신호를 계속 주고 싶은 욕구도 강한 편이라서, 경청하고 대화하는 행위에 큰 에너지를 쓸 수밖에 없거든요. 그래서 그런 시간에서 벗어나 누구의 말에도 귀 기울이지 않아도 되고, 내 생각에만 귀 기울이면 되는 그런 시간이 좋아요. 혼자 있으니까 발가벗고 있어도 되고, 혼자 듣고 싶은 음악을 들어도 누군가가 소리 줄이라고 말하지 않는 그런 시간이요.

그리고 무엇보다도 저는 원가족이라고 할 수 있는 사람들과 너무 사이가 나빴기 때문에 한 공간에서 함께 지내야 하는 것에 거부감이 컸던 것 같아요. 혼자 살게 된 지가 한 4~5년 정도밖에 안 됐는데 처음에 아무도 없다는 자체가 너무 행복했어요. 그간 같은 공간에 있더라도 각자의 자리를 존중받는 분위기가 아니라, 계속 강요와 참견이 발생하는 방식으로만 지내왔기 때문에, 누군가와 함께 지내면 그런 관계로 다시 복귀할까 봐 오랫동안 두려워했던 것 같아요.

헤니　리외 님은 목소리가 되는 글쓰기, 글쓰기가 되는 목소리에 대해 자주 언급하셨잖아요. 그것의 의미에 관해 말씀해주실 수 있으세요?

책 자체도 하나의 타자인데
이 타자를 두고 다른 타자들이랑 같이 나누는 일이
겹겹이 쌓이는 특별한 종류의 이해를
가져다주는 것 같아요.

리외   제가 자기소개를 할 때 주로 쓰는 문구이기도 한데요. 글이 되는 목소리는 우리의 목소리 자체가 글이 되는 거예요. 인터뷰 같은 글이나 누군가의 목소리를 담은 구술사처럼 정형화된 서사 구조를 벗어나는 종류의 말하기 형태죠. 좀 다를 수도 있겠지만 목소리 소설이라고 불리는 장르라든지 아니면 의식의 흐름 기법으로 쓰인 소설을 읽다 보면, 매끈하게 선처럼 이어지는 서사가 아니라 완결되지도 않고 매듭도 안 지어진 일관되지 않은 내용이 흩뿌려진 듯한 인상을 받는데 그런 글을 정말 좋아해요. 그게 우리의 삶이랑 훨씬 닮아 있다고 생각해요.

헤니   저는 뒤라스를 읽으면서 진짜 말하듯이 쓴다고 느꼈어요. 그렇게 생각하는 작가가 있으세요?

리외   저도 뒤라스를 너무 좋아하는데, 뒤라스를 비롯해서 중얼거리듯이 글을 쓰는 작가들을 더 좋아하는 것 같아요. 헤니 님도 좋아하는 클라리시 리스펙토르의 방백 같은 글 있잖아요. 아포리즘에 가깝기도 하고 누군가가 계속 중얼대는 목소리 같은 글, 그렇게 논리적이라고는 보기 힘든 글에서 엄청난 해방감을 느끼는 것 같아요.

'목소리가 되는 글'의 경우는, 글이 다시 목소리가 되는 것인데 말 그대로 낭독을 통해서 그게 가능하다고 생각하는 편이에요. 글을 눈으로 보는 활자나 소리 없이 읽는 묵독을 위한 매체로만 여기는 게 아니라, 소리 내서 읽고 그 소리가 다시 누군가의 귀에 들리고 이런 식으로 또 다른 감각을 격려하는 과정을 통해 문학이 다른 방식으로 살아나고 입체화될 수 있는 것 같아요. 다양한 방법으로 문학을 경험해볼 수 있음을 사람들한테 알려주고 싶어요.

예지   **낭독을 어떻게 경험하셨는지 궁금해요. 낭독도 사실 취향이라는 게 있잖아요.**

리외   어떤 시를 다 외워버리고 싶어서 방에서 혼자 낭독해본 것이 시작이었어요. 그렇게 하니까 기억이 엄청 잘 나더라고요. 필사를 하는 사람도 많고 여러 번 속으로 반복해서 읽는 사람도 많지만 저는 글자와 글자 사이의 간격을 나름대로 조정해보면서 한 글자 한 글자 소리 내서 읽을 때 기억에 더 잘 남는 것 같아요. 입안에서 계속 말들을 굴리는 게 재밌기도 했어요. 다른 사람의 말과 말투를 따라하면서 우리의 말을 빚어가는 것처럼 낭독을 계속하다 보면 다양한 말이 알게 모르게 제 안에 스며들게 되는 것 같아요.

예지   **낭독하기 좋았던 시 혹은 문학 작품을 소개해주실 수 있나요?**

리외   제가 엄청 좋아하는 시 중에 하나가 '누구도 기억하지 않는 역에서'라는 허수경 시인의 시인데 거기에 여러 목소리가 나와요. 아기인 나, 할머니인 나, 20대 여자인 나, 이런 식으로 층층이 쌓인 내가 등장해서 나한테 물어보는 내용의 시거든요. 그때는 어땠니, 그때는 왜 그랬어 하고 서로 다른 나들이 나에게 질문하는 부분이 나오는데, 그걸 각기 다른 목소리로 읽는 게 좋아요. 시인이 쓴 질문을 내가 읽다 보면 독자인 나에게 다시 질문이 되어 들려오는데, 그렇게 내가 듣고 내가 말을 하고 내가 다시 듣는 그런 이상한 경험이 발생하면서 묘하게 소름 끼치는 순간이 오기도 해요. 그런 읽기를 가능하게 해주는 여러 목소리가 들어간 시들을 읽어보면 좋을 것 같아요. 우리의 목소리는 하나인 것 같지만 사실 여러 개잖아요. 의지로 바꿀 수도 있고요. 저는 처음 낭독을 시작한 10년 전과 비교해보면 목소리가 정말 많이 달라졌어요. 때에 따라, 상대방에 따라 톤과 말투와 언어 자체가 달라지기도 해요. 목소리에 여러 자아를 입힐 수 있다는 생각은 스스로를 좀 더 자유롭게 만들어주는 것 같아요.

혜니　다와다 요코처럼 외국어로 글 쓰는 사람들에 대해서 관심이 많으시잖아요. 어떤 점에서 관심을 느끼는지, 리외 님도 모국어에서 벗어난 경험이 있는지 궁금해요.

리외　내가 관습적으로 쓰는 말들이 아니라 다른 말을 찾고 싶다는 욕구에 가까운 부분 같아요. 늘 쓰는 말들이 아니라 그것을 새롭게 다시 보는 경험, 그리고 그 언어를 아예 낯설게 바라보려면 어쨌든 거리가 필요하니까, 그런 거리를 갖게 되는 경험이라면 다 좋아하는 것 같아요. 독일에서 1년 살았던 적이 있는데, 아무렇지 않게 아무 말이나 해도 괜찮은 경험이 그때가 처음이어서 정말 기억에 남아요. 내가 읽히지 않는 존재라는 감각이 좋았어요.

예지　누군가는 외로움이나 소외를 느낄 것도 같은데 자유를 먼저 느꼈나요?

리외　네, 그랬던 것 같아요. 아마 제 발로 원해서 가서 그런 거겠죠. 어디선가 쫓겨난다거나 아니면 내가 떠나고 싶지 않은데 떠나야 했던 경험을 가진 사람들은 당연히 저와는 너무나 다른 감

그리고 반드시 혼자여야만 다른 사람을
만날 수 있는 것 같아요. 왜냐하면 저의 경우에는
혼자일 때 누군가를 만나고 싶다는 욕망이
가장 강해지는 것 같거든요. 정말 혼자라고 느낄 때
그 간절함 때문에 발견하게 되는 사람들이
분명히 생기는 것 같아요.

각을 가지고 있을 거예요. 내가 쓰는 말들이랑 전혀 다른 말을 쓰거나 아니면 너무나 단순한 말밖에는 사용할 수 없을 때 엄청 답답할 수도 있고 오히려 편안할 수도 있는데, 저는 편안한 쪽이었던 것 같아요. 딱히 부연 설명을 하지 않고 단순한 언어로 말해도 내가 이방인의 얼굴을 하고 있으니 단순하게 받아들여질 수 있는 만큼만 받아들여진다는 감각이 좋았어요. 우리나라에선 너무 많은 생각들 속에 있었거든요.

줄곧 이방인으로 살고 싶었지만, 지금은 떠나지 않고 있는 사람으로서 떠난 사람들의 글을 통해 대리 만족을 하는 것 같아요. 다와다 요코나 줌파 라히리처럼 자발적으로 이주해서 다른 언어를 스스로 배워 그 언어를 써보는 경험을 하는 작가들의 작품을 읽을 때가 정말 좋아요.

헤니　리외 님은 어떤 고민이 있으세요? 고민이 있을 때 어떤 가치에 따라 선택을 해왔는지도 궁금해요.

리외　요즘 제가 빠른 속도로 편협해지고 있다는 생각을 많이 하고 있어요. 문학을 공부한다고 학교까지 들어간 마당에, 주제를 정하고 뭔가를 연구하면 할수록 더더욱 편협해질 텐데, 그럼 나는 어디서 그 외의 것들을 돌아볼 것인가 하는 게 고민이에요. 그 균형을 어떻게 유지할 수 있을지, 내가 있는 자리에서 무얼 할 수 있을지도 항상 고민인 것 같아요.

고민의 선택에 있어서는 어떤 가치라기보다는 '지금이 끝이 아니다'라는 생각으로 선택해나가는 것 같아요. 이다음에 또 다른 순간이 있다고요.

혜니   그렇게 선택한 일들 중에 가장 중요했던 순간에 대해서 이야기해 주실 수 있을까요?

리외   거의 다 부모 얘기긴 한데요. 저는 지나치게 폭력적인 상황 속에 놓이면 자신을 캐릭터화 하길 잘 했던 것 같아요. 그러니까 지금 여기가 일종의 무대고, 등장인물들이 있고, 나도 그중 한 명이지만, 사실 나는 관객이기도 해서 이 메타적인 시선을 통해 모든 걸 내려다볼 수 있고 그럼으로써 이 경험을 무사히 통과할 수 있을 거라고 생각했어요. 20대 초반에 아버지한테 맞았던 기억이 있거든요. 스무 살이 넘고도 맞을 수 있다는 것에 일단 충격을 받았는데, 그때 그런 생각을 했던 것 같아요. 이게 끝이 아니야, 나는 죽지 않을 거고 반드시 살아서 복수할 거야. 이 증오를 잊지 않을 거야.

예지   언론사에서 일하신 적도 있으시죠?

리외   네, 잘 맞지 않았어요. (웃음) 제가 생각보다 더 당위를 좋아하는 인간이더라고요. 이게 옳다고 선언하는 걸 좋아하고 다른 사람들을 설득해서 이쪽으로 오라고 말하고 싶은 욕구도 큰 편이라, 오히려 그러지 않으려고 노력을 많이 해요. 글로 어떤 메시지를 주고 싶어 하고, 사람들이 깨닫기를 바라는 마음을 경계하려고 하죠.

예지   저도 그 지점에서 매일 스스로 싸우는 것 같아요. 창작을 할 때도 일단 틈을 만들어두고 상대로 하여금 알아서 개선할 수 있게끔 하는 구조가 필요한 것 같거든요. 다 말하고 싶어도 여백을 남겨두는 우아함을 저도 정말 배우고 싶은데, 자꾸 다 말하게 되는 것 같아요. 참 어렵죠.

헤니　리외 님이 말씀하시거나 쓰는 언어를 보면 탄탄하게 짜여 있는 것이 느껴지거든요. 그런 게 어디서 어떻게 비롯되는 건지 궁금했어요.

리외　이런 말을 처음 듣는 것이 아닌데 그럴 때마다 드는 생각이 제가 잘 연기해내고 있다는 거예요. 목소리조차 훈련이 가능한 부분이라고 생각하기 때문에, 변화시킬 수 있는 지점들을 최대한 변화시켜 유연하고 능숙한 사람처럼 보이는 것에 익숙해진 것 같아요.

헤니　안전을 꾀하기 위해서 어떤 모습을 만들어내는 경우가 있는가 하면, 이전의 모습과 달라지고 싶어서 나를 발명해내기도 하잖아요. 후자는 창작의 영역이라고 저는 생각하거든요. 리외 님은 어떻게 느끼세요.

리외　저는 후자에 가까운 듯해요. 사실 저는 엄청나게 신자유주의적인 엘리트 교육의 한가운데에 있던 사람이었거든요. 사회적 지위와 부를 얻고, 높은 곳에 올라가서 성공해야 한다는 그 신화가 지배하는 환경 속에서 살아왔기 때문에, 그것으로부터 벗어나는 게 너무 어려웠던 것 같아요. 나의 생각을 바꾸는 게 어려우니까 일단 행동들을 바꾸고, 만나는 사람들을 바꿨어요. 그렇게 하지 않았더라면 지금 사회의 여러 가지 문제들을 전혀 모른 채, '뭐가 문제야? 이렇게 좋은 세상에'라고 말하는 엄청나게 보수적이고 권위적인 사람이 될 수도 있었을 거라고 생각해요.

예지　무지를 깨닫는 건 어려운 일이잖아요.

리외   너무 충격적이었어요.

예지   저도 늘 누군가 살짝 뒤통수를 때려주는 경험을 하며 무지를 깨달았던 것 같아요. 누가 우아하게 저의 무지를 얘기해줄 때가 있는데, 그렇게 내가 조각날 때가 변화의 기회인 것 같아요.

헤니   그렇게 상대가 지금 어떤 상태인지 얘기해주는 것을 무례하다거나 상처 준다고들 말하던데, 저는 오히려 그렇게 빤히 보이는 부분을 방관하고 이야기하지 않는 것이 더 무책임하고 나쁘다고 생각해요. 그런데 한국 사회에서는 '왜 그런 이야길 해서 일을 어렵게 만드냐'는 이야기를 더 자주 듣지 '왜 이야기하지 않느냐'는 질문은 거의 안 듣는 것 같아요.

예지   저는 사진 교육자로 활동하면서 학생들이 그런 이유로 충격을 겪는 과정을 지켜보곤 하는데요. 스스로 쪼개지는 과정을 겪지 않는다면, 계속 사기를 치지 않는 이상 이 필드에서 오래 존재하기 어려운데, 대부분의 경우 그 과정을 충격으로 받아들이는 것 같아요. 그래서 수업 듣고 잠시 홀연히 떠난 학생에게 1~2년 뒤에 연락을 받은 경우도 있어요. 몇 년이 지나고서야 왜 그런 말을 했는지 이해가 돼서 연락한다는 식으로.

예지   만나본 사람과 안 만나본 사람 중에 랜턴 같은 존재가 있었는지 궁금해요. 문학에서 만나는 사람은 사실 만나지지 않잖아요.
리외   랜턴 같은 존재가 여러 명이 있었던 것 같아요. 저는 대체로 죽었고, 다른 국적인 작가를 좋아했는데요. (웃음) 오랫동안 존 버거를 너무 좋아했어요. 굉장히 투쟁적이면서도 다정한 언어를 쓰는데, 그런 삶의 태도가 배어 있는 문장들을 오랫동안 존경했죠.

예지　　온기 있는 사람들이 존 버거를 좋아하는 게 정말 신기해요. 저는 이 사람의 사유를 머리로는 어떻게 따라갈 수 있겠는데, 마음으로는 잘 안 되더라고요.

헤니　　저는 존 버거가 "자유는 언제나 상대방의 자유여야 한다"고 쓴 문장이 오래 기억에 남아 있어요.

리외　　그런 식으로 잠언처럼 계속 남는 문장이 제게도 많아서, 그가 세상을 떠났을 때 알지도 못하는 사람인데도 괜히 잃어버린 것 같아서 많이 울었던 기억이 나요.
실제로 만나본 사람 중에는 19살 때 만난 논술 학원 선생님이 그런 분이었어요. 제가 신자유주의 교육 속에서 괴물처럼 커가고 있을 때 선생님이 나타나서 저를 뒤흔들고 떠났거든요. 명색은 입시를 위한 논술 교사면서 '시민 불복종', '오래된 미래'나 '자본주의 역사 바로 알기' 유의 책을 읽게 했죠. 그전까지는 '96점 맞았으면 죽어야지'라고 할 정도로 성적 만능주의에 절어 있었는데, 그 선생님을 만난 이후에 완전히 바뀌어버려서 눈을 하나 더 뜬 느낌이었어요. 그간 전혀 못 보고 있던 눈을 반짝 뜨게 만든, 제게 완전 멘토 같은 분이었죠. 체구가 작고 마녀처럼 웃는 사람이었는데, 지금은 돌아가셨네요.

혜니　　그럼 리외 님이라면 앞으로 자기 일을 선택해 나가야 하는 어린 친구들에게 어떤 이야기를 해주고 싶으신가요?

리외　　저는 뭐든지 어떤 방식으로든 기록해두라고 말하고 싶어요. 나의 어떤 본질적인 지점들은 계속 같은 질문을 머금고 있기 때문에 그런 의미에서 기록을 해두면 나의 궤적을 그리는 데 도움이 많이 되는 것 같아요. 그게 일이든, 나의 작업이든, 나와의 관계든, 나의 고민이든 기록해두지 않으면 뭔가를 생각하거나 돌아볼 때 훨씬 혼란스러워지는 것 같더라고요. 기록이 비어 있는 시기를 보면 불안감을 많이 느끼는 것 같아요. 또 이런 말은 많이들 하는 얘기일 수 있겠지만, 하고 싶은 일은 최대한 해보셨으면 좋겠어요. 일단 해보면 그 일이 사실은 하고 싶은 일이 아니었다는 것을 깨닫게 되기도 하거든요. 다양한 일을 해보면서 제가 느낀 부분이기도 해요. 그걸 받아들이는 경험을 많이 해보셨으면 좋겠어요.

예지　　리외 님은 앞으로 어떤 경험을 해보고 싶은가요.

리외　　최근 몇 년 동안 살아온 것처럼 앞으로도 살 수 있으면 좋겠어요. 요즘은 조약돌을 하나씩 모으고 있는 느낌이 들어서 이걸 잘 갖고 있고 싶어요. 그렇게 모은 조약돌 중 하나는 번역일 테고, 또 글쓰기일 테고, 문학 공부일 테고, 여러 가지 책을 가지고 사람들과 만나는 경험일 텐데, 꾸준히 이런 방향으로 살아가보고 싶어요. 미래에도 이렇게만 살 수 있으면 좋겠어요. 돈은 좀 더 잘 벌면 좋겠지만요. (웃음)

헤니　　현재를 지켜나가고 싶다고 이야기하셨는데 구체적인 계획이 있으세요?

리외　　머지않아 첫 책을 쓰게 될 것 같아요. 아마 독서 에세이 장르일 텐데요. 그 책이 나올 때쯤 어떻게 될지 모르겠지만 시간이 흘러 이것이 제 책이에요 하면서 보여주는 뭔가를 만들 수 있으면 좋겠어요. 그 계기로 또 새로운 사람들을 만나고 그들의 이야기를 들으면서 저를 넓혀갈 수 있다면 좋겠고요.

최리외를 위해 짓는 요리

서머 라자냐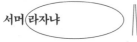

vegetarian

준비 1시간 / 조리 20분 / 2인분

ingredients.

1.바질페스토
칼로 다진 바질 1컵
칼로 다진 파르미지아노 레자노 1/4컵
올리브오일 1/4컵
칼로 다진 잣 2큰술
소금, 후추 조금

2.서머 라자냐
참외 1개
쥬키니 1개
드미 선드라이드 토마토
펜네 또는 리가토니 100g
얇게 썬 파르마지아노 레자노 치즈
구운 잣

how to.

1. 바질페스토 : 바질, 치즈, 잣을 재료가 뭉개지지 않게 각각 칼로 세밀하게 다진다. 혹은 믹서로 간다. 맛이 선명한 좋은 올리브오일과 섞어 소금 후추로 간한다.

2. 서머 라자냐 : 냄비에 물을 끓여 바닷물 정도로 짜게 소금을 넣는다. 펜네 또는 리가토니를 봉지에 적힌 것보다 1분 적게 끓인다. 체에 걸러 물기를 제거하고 오일에 버무려 식혀둔다. 지퍼백이나 짤주머니에 바질페스토를 넣어 숏파스타의 속을 채운다.
참외, 쥬키니는 씨를 제거하고 필러로 얇게 썬다. 파르마지아노 레자노도 필러를 사용해 얇은 판 모양으로 썬다. 선드라이드 토마토는 먹기 좋게 채 썬다. 라자냐 크기의 직사각형 형태로 썰어둔 쥬키니, 참외, 선드라이드 토마토, 파르마지아노, 숏파스타 순서로 재료를 쌓은 뒤, 반대 순서로 재료를 올리고 마지막에 파르마지아노를 한 장 더 올린다. 구운 잣, 바질로 장식한 뒤 소금, 후추, 올리브오일을 조금 둘러서 마무리한다.

recommend.
책과 관련된 일들을 하고 있는 리외 님이 좋아하는 음식이 샌드위치라는 말을 듣고 책의 모양이 떠올라 재미있었어요. 책의 페이지처럼 차곡차곡 레이어를 쌓고 그 사이에 그가 번역하며 오가는 이쪽과 저쪽을 연결하는 통로를 집어 넣어봤습니다.

자르면 향이 퍼지는 허브를 곱게 다져
잣과 치즈와 오일과 섞어 페스토를 만들고
삶아낸 파스타의 비어 있는 속을 채운다

참외와 쥬키니를 얇게 썰어
붉게 말린 토마토로 강렬한 맛을 더하며
차곡차곡 겹겹이 쌓아 올린다

dessert

혼자를 짓는 시간

김헤니, 황예지

리외　　　두 분 안녕하세요. 이번엔 제가 인터뷰를 맡게 되었네요. 일단 가장 궁금한 것이 이 인터뷰 프로젝트를 왜 기획했는지예요.

예지　　　일단 개인적으로는 저의 한계가 궁금해지는 시기였어요. 제가 사진을 한 13년 정도 한 것 같은데, 그러다 보니 사진 외의 언어가 필요하다는 생각을 정말 많이 했거든요. 한 언어에 오래 정박되어 있으면 갖게 되는 고지식함이나 위험성 같은 것들이 있더라고요. 그래서 그런 것에서 벗어나고 싶어서 식당에서 일을 한다거나, 아르바이트를 한다거나 하면서 돈보다는 경험하는 쪽을 선택했거든요. 그러다가 제가 대상을 진심으로 우러러본 게 요리였어요. 요리도 그렇고, 농산물을 키우는 분들을 진심으로 존경하기 시작했는데요. 타자처럼 보일 수 있는 음식이 실제로는 내 몸 안에 들어오잖아요. 즉각적인 반응을 일으키고. 그걸 관여하는 사람들의 책임감이 진짜 멋있었어요. 그러다 보니까 창작하는 마음과 요리하는 마음의 연관성 같은 걸 혼자 생각하게 되고, 내 몸의 기둥이 사실 먹는 일이라는 걸 인정하기 싫지만 인정해야 되더라고요. 저는 정말 식사를 개판으로 하는 편인데, (웃음) 정말 연관이 너무 깊어요. 그래서 신체의 기둥이 되어주는 걸 다잡지 않으면 창작도 흐트러지겠다는 생각이 들었고요. 코로나 바이러스가 극성을 부리면서 휘청하는 때가 많았는데 그 휘청거리는 순간을 사람들이 또 어떻게 견뎌내고 그 안에서 창작하고 있는지, 사실 연결이나 연대를 모색하고 싶었던 이유도 있던 것 같아요. 나는 이렇게 힘든데 다른 분들은 대체 어떻게 살고 있나, 이 시기를 어떻게 견디고 있나. 그래서 레시피를 선물하면서 이 사람 이야기를 좀 빌리면 좋지 않을까 생각했어요.

헤니　벌써 8~9개월 전이라 기억이 희미해요. 저는 사실 예지 씨랑 같이 작업하고 싶었던 이유도 있어요. 저희가 모이면 뭘 해 보자는 얘기를 항상 많이 하는데, 둘 다 생각이 만개하는 스타일이거든요. 그와 동시에 저한테 중요했던 건 요리를 오히려 더 창작 쪽으로 가져오는 거였어요. 물론 저희 둘이 팝업 키친 같은 것을 이어갈 수도 있겠지만, 그보다는 다른 방식으로 보여주고 싶었어요. 저의 내적인 동기는, 뭐랄까, 제 작업을 시작하면서 저한테는 '혼자'라는 키워드가 중요했거든요. 혼자서 생각하는 시간이 없으면, 자기 자신으로 존재하는 것 자체가 불가능한 것 같아요. 자기가 없으면 자기 의견도 없고 독창성이 있는 무언갈 만들어낼 수 없다고 생각하고요. 사실 누군가와 함께 있으면 다른 사람의 말을 듣고, 또 상대에게 말하고 그걸로 시간이 채워지잖아요. 그렇게 안 하려면 혼자 있어야 되는데 그 시간에 대해서 사람들에게 얘기를 들어보고 싶었어요. 주변에 많이 없다고 느꼈던 터라. 진행하다 보니 혼자라는 단어에 대해서도 정리가 많이 됐죠. 보통은 좀 부정적으로 여겨지곤 하잖아요.

리외　**두 분의 커다란 공통분모 중에 하나가 요리인 것 같은데요. 처음에도 그러한 계기로 만나신 건가요? 두 분이 어떻게 '헨조이'가 되었는지가 궁금해요.**

예지　이건 제가 해명을 해야 되는데요. 제가 대학생일 때는 활동 폭이 되게 좁았거든요. 근데 그때 당시 대안적인 전시 공간과 문화가 이슈가 많이 됐었어요. 그곳에서 행보가 멋있어 보이는 언니, 오빠 들이 많았죠. 그중에 제일 눈길이 갔던 건 '신도시'라는 공간에서 헤니 씨가 종종 열었던 '헨키친'이라는 팝업이었어요. 그때 소시지를 직접 만드는 헤니 씨의 모습이 인상적이었어요. 그리고 헤니 씨가 너무 미인인 거예요. 저 사실 미인 되게 좋아하거든요. 미인에다 다재다능하시다, 생각하면서 제 안에 그 장면을 기록해놨죠. 저는 그런 컬처 신을 캡처해놓듯이 기억을 해놓거든요. 그 뒤로 수년 동안은 만날 일이 없었어요. 헤니 씨는 프랑스에 있었고 저는 한국에서 제 몸집을 키우고 있었고. 그래도 간간이 SNS를 통해 서로 무슨 일을 하는지 체크하는 정도의 관계였는데 헤니 씨가 한국에 돌아온 거예요. 제가 당시에 '미도파'라는 식당에서 아르바이트 겸 레시피도 연구하고 요리를 하고 있었는데 헤니 씨를 꼬시고 싶더라고요. 그래서 제가 미도파에 오라고 했고, 헤니 씨도 스치듯이 일을 하고 갔어요. 그곳에서 일하는 동안 자연스럽게 앉아서 얘기하는 때가 왕왕 있었는데 특이한 점은 그거였어요. 헤니 씨도 저처럼 좋고 싫음을 분명하게 말할 수 있는 사람이라는 것. 유행하는 주제로 대화를 끌고 가지 않는 게 지금 같은 상황에선 사실 쉽지 않잖아요. 그런 면이 좋아서 계속 만나면서 작당하고, 그렇게 자연스럽게 '헨조이'가 됐어요.

리외   좋고 싫은 걸 분명하게 말할 수 있는 사람이라는 게 정말 맞는 것 같아요.

예지   좋고 싫음을 분명하게 얘기하는 게 인상적이었어요. 누가 헤니 씨 만났을 때 어땠냐고 물었을 때 "싫어하는 걸 너무 잘 말해서 좋아"라고 했었거든요. 게다가 나랑 싫어하는 게 똑같아.

그래서 너무 재밌다고 했죠.

리외 **헤니 님은 예지 님 만났을 때 어떠셨어요?**

헤니 예지 씨도 진짜 흔치 않은 캐릭터예요. 팝업 식당 할 때 직접 만나진 못했지만 주변 사람들을 서로 다 알고 있고, SNS상에서 팔로우도 오래 하고 있으니까 존재는 알고 있었죠. 예지 씨를 처음 본 건 사실 친구 결혼식에서였어요. 어, 저기 황예지가 있네, 이렇게. 본인은 그렇게 생각 안 할 수도 있는데 예지 씨는 굉장히 유연한 사람인 것 같아요. 제가 처음 만났을 때부터 지금까지 무척 많이 변했어요. 저희 아직 1년은 안 본 것 같은데.

예지 저도 최근에 그렇게 느낀 것 같아요. 어떤 인풋을 넣느냐에 따라 저라는 사람이 많이 변하기도 하고, 유연해지려고 근 1년을 애썼어요. 변화의 시기였던 것 같아요. 탈피 직전처럼.

리외 **아까 헤니 님이 '혼자'라는 키워드가 중요했다고 하셨는데, 이 책에는 창작하는 마음, 혼자인 마음, 살아가는 마음, 이렇게 세 가지 주제가 담겨 있잖아요. 이 세 가지에 대해서 두 분이 평소에 가지고 있었던 생각이나, 이 책을 쓰면서 변화하거나 새로 하게 된 생각이 있으신가요?**

예지 사실 어떤 이야기를 듣는다고 해서 뭐가 많이, 쉽게 변하진 않잖아요. 근데 인상적이었던 건, 어쩌다 그렇게 된 건지는 모르겠는데 인터뷰를 한 분들이 다 뚝심이 있었어요. 그래서 왜 또 투쟁하듯 살아가는 사람들만 골라버린 거지, 그런 생각이 들더라고요. (웃음) 인터뷰를 진행하면서 모두 각자의 투쟁지가 있다는 걸 느꼈어요. 투쟁지 혹은 터전이 같지는 않더라도 살아가는 마음이 곧 투쟁하는 마음처럼 느껴졌는데, 사실 그건 서로 연결될 수 있다고 생각했어요. 발전할 수도 있고요. 그래서 이런 부분에 대해 우리가 대화를 많이 나눠야겠다고 느꼈어요. 전혀 예상치 못했던 분이 정말 강인하고, 전사의 재질로 살고 계셨는데 그게 너무 놀라운 거예요. 전투력이라는 게 내가 예측할 수 없는 것이구나. 삶에 대한 전투력은 얘기를 나누기 전까지는 모르는 부분이고, 그 전투력과 전투 기술은 마치 레시피 나눠주듯 같이 나눠야 한다는 생각이 들었어요. 그럼 진짜 잘 살 수 있을 것 같은 이상한 마음이 들 때가 있더라고요. 삶의 비법들이 막 쏟아지니까. 어떻게 힘든 시간을 지나왔고 대처는 어떻게했는지, 이런 얘기들을 본인도 모르게 술술 얘기를 해주니까 들으면서 확실히 약간은 유연해진 것 같아요.

리외   **너무 재밌네요. 얘기하기 전에는 정말 모르죠.**
예지   진짜 몰라요.

헤니   저는 이 인터뷰 기획을 하던 시점까지 경제적인 독립을 어떻게 이루며 살아갈지에 치중해서 생각하던 때라, 창작과 관련해서는 엄청 겁을 먹고 있던 상태였어요. 예지 씨가 창작자들 인터뷰하자고 했을 때 제가 알고 싶었던 건 혼자일 수 없으면 새로운 뭔가를 만들 수 없는데 어떻게 그 시간을 지키면서 중요한 관계, 주변과도 조화를 이루어 나갈 수 있는지였어요. 거절을 잘하는 일도, 저 자신을 중심에 두는 일도 더 잘하고 싶은데 늘 어렵게 느껴지고요.

예를 들어 이 사람은 영화를 만들고 있네, 근데 어떻게 그렇게 긴 시간 동안 이걸 했지? 그런 게 궁금하고, 이 사람이 어떤 마음을 가지고 혹은 어떤 계기로 시작했기에 계속할 수 있지? 그들에게 동력이 되는 게 뭔지 궁금했어요. 그러면서 저도 힘을 얻고 싶었고요. 인터뷰를 진행하면서 거짓말처럼 제가 정말 듣고 싶었던 말들을 들을 수 있어서 무척 좋았어요.

리외　　헨조이 두 분 다 계속 창작을 해오신 분들이고, 물론 의지가 당연히 중요하겠지만 앞으로도 창작을 하실 분들인데요. 창작하는 것과 내 몸에 들어가는 것을 직접 겪는 일에 관해 이야기 나눠보고 싶어요. 저는 요리를 전혀 못하는데요. 요리에 관심이 있는 사람들에게 경이로움을 느껴요. 내가 도달할 수 없는 어떤 곳에 있는 사람처럼 느껴지기도 하는데, 요리를 하는 마음은 어떤 마음인지가 궁금해요.

예지　　저랑 헤니 씨랑 답이 상반될 수도 있겠어요. 헤니 씨는 프로페셔널한 요리 세계에 있었고 저는 취미로 요리를 즐겼으니까요. 이 프로젝트가 저한테 중요했던 건 창작하는 마음과 생활을 잘하는 마음을 융화해보고 싶은 마음 때문이었어요. 제가 어렸을 때 접한 창작자들은 어떤 창작물을 만들든 건강해 보이지 않았어요. 잠을 대충 자고, 밥도 대충 먹고 그러다가 요절하고 그런 흐름이었는데, 요즘엔 창작 프로세스가 많이 바뀌고 있다고 생각해요. 오히려 리서치 기반이라고 느껴질 때도 있고, 공적이고, 또 건강한 생활 패턴을 필요로 하는 직업처럼 느껴질 때가 많거든요. 저에게 요리하는 마음은 '지키고 싶다'는 말과 밀접해요.

원래 저는 스스로를 지키는 법에 대해서는 잘 모르던 사람이었어요. 내가 손상되더라도 다른 사람들을 돌볼 수 있는 그런 사람이었는데, 요리에서 그게 너무 잘 보이는 거예요. 요리를 상대를 위해서 하는 일로 느낄 때가 많았어요. 어느 날 '아씨, 남한테 해준 만큼 나한테 한번 해줘보자' 하고 요리를 해서 먹었어요. 당연히 같이 먹는 게 맛있지만 그냥 그 행위 자체가 저한테는 전복이었어요. 나는 나를 아낄 수 있었구나 깨달았는데, 그 과정에서 자기애와 요리가 연관이 깊다는 생각도 들더라고요.

헤니 저는 사실 너무 잘 챙겨 먹거든요. (웃음) 근데 근 1년은 저도 좀 엉망으로 먹긴 했어요. 시켜 먹거나 아니면 과일 먹고 그랬는데요. 저는 기본적으로는 남을 초대해서 요리해주는 걸 좋아하는 사람이고 거기서 확실히 기쁨을 얻는 것 같아요. 한편으로 그런 에너지를 저 자신한테 안 쓴 게 최근에는 좀 아쉽더라고요. 뭐든지 정도껏 해야 하는데, 정도가 중요한 것 같아요. "그게 너의 장점이잖아." 이렇게 얘기해주는 사람들도 많은데, 좀 지나고 나면 그 에너지를 왜 나한테 못 썼지 후회가 되기도 하더라고요. 사람들을 초대해서 요리해줄 때는 열성을 다하면서 내 거를 할 때는 그만큼은 잘 못하는 사람인 거죠.

예지 집에 친구들을 불러서 밥 많이 해주는 사람들의 이상한 공통적인 회의감이 있어요. 다 비슷한 것 같아요. 설거지하면서 왜 나한테는 이걸 못 해줬지 하는 순간이 꼭 오더라고요. 잔반을 처리할 때도 기분이 묘해지고요. 즐거운 시간을 보내고 썰렁해지

인터뷰를 진행하면서 모두 각자의
투쟁지가 있다는 걸 느꼈어요.
투쟁지 혹은 터전이 같지는 않더라도
살아가는 마음이 곧
투쟁하는 마음처럼 느껴졌는데,
사실 그건 서로 연결될 수 있다고 생각했어요.

는 순간이 있잖아요. 누가 떠났을 때도 그렇고. 애씀 자체가 나까지도 포함해서 즐기면 좋은데 보통 상대를 향하는 경우가 많으니까. 그런데 이건 사실 요리가 아니라 대화할 때도 그런 것 같아요.

헤니　　균형을 맞추는 게 어려운 것 같아요. 창작이랑 생활이 같이 가는 데도 균형 맞추기가 어렵고, 관계도 어렵고요. 어렵다는 얘기를 10번도 더 한 것 같네요.

리외　　**이 책은 균형감을 찾기 위한 고군분투를 담은 책 같아요.**

헤니　　지금 돌아보면 제가 예지 씨와 제일 마음이 맞았던 부분은, 고통 속에서 창작을 하고, 그 과정에서 스스로가 훼손된 사람들을 두고, 그 고통을 멋있다고 얘기하지 않는다는 거였어요. 그런 얘기부터 꺼내는 사람들을 오히려 싫어했고, 그 창작자가 어떻게 하면 괜찮았을까를 먼저 생각해본다는 게 저희 두 사람의 공통점이었던 것 같아요.

리외　　**아직 제가 책을 다 읽어본 건 아니지만, 생의 기운이 담긴 그런 책일 것 같아요. 생기가 있는 책.**

예지　　그다지 의도적인 단서를 많이 남기지 않았어요. 대화를 따라가야 되는 책이라 지시적인 내용도 많지 않고요. 그래서 의도하진 않았지만 생의 기운이 담겨 있어요. 사는 것, 먹는 것에 대해 물어보다 보니까 죽음의 반대말처럼 삶이란 게 있는 것 같아요.

리외　책을 읽은 분들도 그렇게 느끼실 듯해요. 혜니 님은 아예 요리학교를 가셨잖아요. 그때는 요리 자체가 어땠어요?

혜니　너무 재밌었죠. 사실 잘해서 재밌었어요. (웃음) 요리를 하면서 좋았던 점은 손을 써서 뭔가를 만드는 일이란 거였어요. 저는 그림 그리는 것에 대해서 지금도 엄청 부담감을 가지고 있거든요. 근데 요리는 그런 부담감을 안 느끼면서 손으로 뭔가를 만들어내는데, 모양새가 괜찮게 나오는 거예요. 그게 만족감을 줬던 것 같아요. 그런데 이후에 이것만 계속할 수는 없다고 깨달은 거죠.

리외　얘기를 듣다 보니까 두 분 다 이렇게는 살 수 없다는 얘기를 공통적으로 하셨네요. 예지 님도 사진 이외에 다른 표현 방식이 필요하다고 생각했으니까요. 그러다 보니 두 분 다 이제 여러 분야에 걸쳐서 전방위적인 방향으로 나아가고 계시는 것 같고요.

예지　맞아요. 요리랑 사진이랑 글이랑 이것저것 다 다루려고 노력하고 있는데, 이들에 유사점과 공통점이 있는 것 같아요. 다 표현 수단이다 보니까 저는 요즘 묘사력에 관심이 많거든요. 얼마나 존중하면서 묘사할 수 있는가. 다 소재화하긴 하잖아요. 요리도 그렇고 사진도 그렇고 다 수단이고. 사실 창작하는 마음이나 생활하는 마음, 모두 태도의 문제인 것 같아요. 좋은 태도를 가진 사람들은 얼핏만 봐도 결과물이 본인처럼 나오는 것 같아요. 눈 밝은 사람들이 좋은 묘사를 하잖아요. 요리 재료를 얼마나 파악했는가와 사진 찍는 대상을 얼마나 파악했는가도 정말 비슷한 것 같아요. 대상을 존중하면 얼추 되는 것 같아요. 얼추. (웃음) 식재료는 이미 돼 있어요. 그럼 얼추 잘 굽기만 하면 되거든요. 야채가 진짜 경이롭더라고요. 놀라운 놈들이야.

리외　헤니 님도 그렇게 이것만으로는 안 되겠어, 나한테 다른 도구가 있으면 좋을 것 같아, 이렇게 해서 여러 가지를 찾게 되신 거죠?

헤니　저는 계기가 있긴 있었어요. 일단 요리사로서 외국에서 일을 제안 받았을 때, 앞날이 안 보이더라고요. 더 이상 미래가 안 그려지면서. 그 당시엔 외국어를 계속 배우면서 생활하던 중이라, 그 과정에서 언어에 예민해지는 순간들이 있었는데, 그걸 너무 모르는 척하면서 산 건 아닌가 싶었어요. 내가 보고 말할 수 있는 것들이 많은데, 너무 안 하고 있었다는 자각이 든 거죠. 제가 한국어로 말을 주고받을 때는 물러나 있었던 느낌이라면, 불어를 쓸 때는 처음으로 세계와 대면하는 느낌이었어요. 진짜 좀 충격적이었죠. 그때 읽었던 글 중에 기억나는 게, '나한테 상처 준 적 없는 언어'라는 말이 와닿았었어요. 나와 이전에 맺은 관계가 없는 새로운 언어로 세상을 만났을 때 정말 달랐던 것 같아요.

예지　저는 외국어, 외국과의 교류, 도피의 가능성 같은 건 잴수 없는 사람이었어요. 대학생 때부터 소위 '계'라고 부르는 필드에 대해 가늠하기 시작했어요. 사진계. 그런데 거기에 내가 속할 자신이 없는 거예요. 그 집단 안에 있을 수 없겠다고 판단했고, 실체는 없는데 그 안에서 생겨나는 어떤 이슈들과 언어가 저한테는 너무 매력이 없었어요. 그래서 떠돌이처럼 사는 방법밖에, 자생하는 수밖에는 없겠더라고요. 사진을 한다면 연줄이 있거나 기성 세대의 길어 올림을 받아야 유리한 입지가 생기는데, 저는 그냥 제가 밭 갈고 모내기 하고 고생했어요. 내가 놀고 싶은 판이 아니니까, 나는 스스로 땅을 보러 다녀야겠다 싶은 마음. 최근에 어떤 큐레이터님이 저한테 그러는 거예요. "사진 쪽에서도 좀 의아하게 보고 미술 쪽에서도 좀 의아하게 보는 그런 캐릭터 아니에요?" 정체불명이고 설명하기 어렵다는 뜻 같은데, 어쩔 때는 또 절 두고 인플루언서라고 부르는 사람들도 있고요. 이 상태를 남들이 해석하고 싶은 대로 두는 게 즐거워요.

헤니 저도 만화를 그리긴 하지만 웹툰은 안 하니까 만화로 들어오는 수입은 없고, 그래서 돈을 따로 벌어야 하는데 그러면 작업할 수 있는 시간을 확보하기가 어렵고요. 그래픽 노블 신이 없는 것 같아요. 사람들이 저한테 하라고 추천해주는 거는 "그게 돈이 된대"라는 일인데, 물론 너무 중요하지만 그 이상의 발화를 하는 사람이 별로 없어서 그게 전부인 것처럼 느껴져요. 작품에 대한 평가도 그렇고요. 그냥 얼마 벌었대, 그게 끝이죠.

리외 만화 장르가 되게 협소한 것 같아요. 상상을 잘 못해서 "그림책이랑 뭐가 또 다른 거지?" 같은 질문들을 하고.
헤니 글이랑 그림이라는 생각을 사람들이 잘 안 하는 것 같아요. 예전보다는 인식이 많이 좋아졌지만.

리외 그림과 글에 차이가 있나요? 곧 사진과 글의 차이도 여쭤보려고 하는데, 글과 그림 두 가지를 다 재료로 사용하는 매력이 있을 것 같아요.
헤니 저는 글로 쓸 때 훨씬 더 자유롭거든요. 그런데 생각을 아예 이미지로만 할 때가 많은 것 같아요. 이미지로 사고하는 사람인 거죠. 사실 만화는 보여주는 거 이상으로 사람들에게 생각하게 하기가 너무 어렵고, 어떤 연상이 일어나는 것도 글보다는 효과적이지 않은 것 같아요. 그렇지만 좀 더 구체적으로 내가 보여주고 싶은 장면을 제시하기에는 좋은 것 같아요. 예를 들면 만약 글로 "국수를 먹었다"라고 쓰면, 사람마다 그걸 읽고 떠올리는 심상이 다 다르잖아요. 그런데 그림으로는 특정해줄 수 있죠. 일단 국수의 모양이 어떤 모양인지를 보여주고 나서 그 장면에서 하고 싶은 이야기를 좀 더 분명하게 가져갈 수 있어요. 근데 잘 그리는 게 너무 어렵죠. 대상을 똑같이 그릴 수 있다고 잘 그린 그림은 아니니까요. 계속 아쉬움을 느끼는 건 제가 그림을 그릴 때, 연상 방식 자체가 클리셰처럼 느껴지는 경우가 많다는 거에요.

리외   계속 관습적인 인식 안에서 상상하게 된다는 뜻이죠. 그림 그릴 때도?

헤니   고착화된 이미지가 너무 많은 것 같아요. 수업하면서도 느끼고, 전시 같은 거를 봐도 느껴요. 만들어낸 사람한테서 생성된 이미지라기보다는 이 사람을 만들어낸 틀의 이미지라는 느낌을 계속 받는 것 같아요. 특히 회화 작가들이 사람을 그리는 방식을 볼 때요. 이렇게 말은 거창하게 하지만 저도 너무 어렵다고요. (웃음) 계속 실패하고 있어요.

리외   글이 제일 쉬운 것 같아요. 도구가 필요한 것도 아니고.

예지   그렇지만 망망대해의 느낌이라서 좀 어려운 것 같기도

내 끼니를 정성스레 차릴 수 있는 사람들은
다른 힘을 갖고 있는 것 같아요.
정말 생활 에너지가 달라요.

해요. 어떻게 뭘 쓰든 상관없으니까 덜 할 수도 있고, 더 할 수도 있으니까요. 끝없이.

리외　　그러고 보니 두 분 다 이미지로 사고하시는 것이 또 공통점이네요.
예지　　저는 장면을 기억하는 프로세스가 정말 사진이랑 유사해요. 잔상의 개념도 그렇고. 그래서 글을 쓸 때도 티가 많이 나더라고요. 시 수업을 들은 지 한 1년이 다 돼 가는데, 그 수업에서 합평을 하면 사진 하는 사람이 쓴 글 같다는 소리를 들어요. 13년 동안 너무 오래해서 그런가, 세상을 바라보는 기준점 같은 게 사진이 베이스인 것 같아요. 가까이 오래 지내니까 사진의 매체성이랑 결합된 것 같아요. 진짜 동기화됐어요.

헤니　　그걸로 다른 작업들을 해서 재밌는 것 같아요, 확실히.

예지　　맞아요. 아예 새로운 곳에서 시 합평을 받아봤는데 제 시를 읽고 오히려 메타적인 힘도 느껴진다고 하시더라고요. 그리고 그런 얘기를 하시는 거예요. 시집 제목이 '카메라'면 재밌겠다고. (웃음) 너무 싫은데. 그렇게까지 사진에 크게 발목 잡히고 싶지 않은데 말예요.
근데 제가 사진과 사랑에 빠지기 전에 글을 진짜 좋아하긴 했어요. 초등학생 시절이 가장 독서력이 미친 수준이었던 것 같아요. 반년에 100권을 읽었거든요. 그러다가 저는 우울이 독서력을 앗아간다는 사실을 몰랐는데 중학교 때부터 독서력이 훅 떨어지더라고요. 우울을 깊게 앓으면서 아예 독서하지 않고 지내다가 도

피하듯이 사진으로 갔어요. 사진은 문해력이 필요하다기보다는 감이 필요한 작업인데, 우울의 감도 가능한 부분이니까요. 그렇게 사진으로 뭔가를 표현하면서 한풀이를 하고 난 다음에 알았어요. 내게 독서력이 사라졌다는 걸요. 그러니 다시 의지가 생기는 거예요. 그렇지만 엄청난 노력이 필요했고, 한 페이지 읽는데도 몸을 가만히 두질 못하고 집중력이 분해되는 느낌이었어요. 그래서 집중력을 되찾으려고 혼자만의 프로젝트를 시작했어요. SNS 하루에 몇 분, 스크린 타임 몇 분, 이런 식으로 집중력을 되찾기 위해서 노력하고, 그렇게 책을 다시 읽고 글을 쓰기 시작했어요. 글을 읽고 쓴다는 게 저에겐 쉬운 일이 아니거든요. 끈기가 필요한 일이고 근력도 필요한 일인데, 그걸 다시 함으로써 스스로가 진단이 가능해지는 것, 그게 건강한 일인 것 같아요.

사진이랑 글이 다른 이유가 제가 생각했을 때 사진은 현장이 있어야 돼요. 어찌 됐든 실존하는 무언가나 장면을 채집하는 일이라면, 글은 사실 얼마든지 더 데려올 수 있잖아요. 하물며 엄마의 가방도 지금 훔쳐올 수 있죠. 둘 사이를 왔다 갔다 하면서 새롭게 느껴지는 것들이 있는 것 같아요. 그런데 확실히 제가 좋아하는 건, 종이 안에서 일어나는 일, 나 혼자 있을 때 일어나는 일인 것 같아요. 저는 전시라는 형식보다는 어딘가 들고 다닐 수 있는 정도의 것을 선호해요. 축제처럼 뭘 공유하고 싶은 마음보다 서신처럼 느껴지는 걸 제가 좋아하는 것 같아요. 여행자에게 잘 맞는 형식이요. 시집이랄지, 음악도 그렇고요.

리외　　글이 왜 매력적인가요? 두 분 다 글을 쓸 때 제일 자유롭다고 느끼

시는 이유가 있다면?

헤니   제가 남들 시선과 상관없이 잘 써졌다고 느낄 때는 자아가 꺼질 때예요. 글쓰기 할 때 자아가 꺼지면 그때 자유가 느껴지는 것 같아요. 자아라는 단어를 안 넣고 어떻게 얘기할 수 있을까?

예지   무아지경. (웃음)

헤니   글을 쓸 때는 내가 어떤 의도를 가지고 있었는지, 그 상황에서 어떤 감정을 느꼈는지에 대해서 거짓말하지 않을 수 있어서 제일 좋은 것 같아요. 이걸 대화로 하다 보면 완벽히 이해한다는 느낌은 받지 못하거든요. 그런데 글쓰기를 하면 제가 말로 할 수 없는 것들을 정확하게 꺼내놓을 수 있고, 오해받을 부분도 없어진다고 느껴요. 그래서 좋은 것 같아요. 건강한 방식이기도 하고요.

리외   **그럼 이제 다른 주제로 넘어가 보면, 인터뷰이를 고른 기준은 무엇인가요?**

예지   유명이랑 돈보다 좋아야 할 가치가 있어 보이는 사람의 이야기가 궁금했고, 마이크 권력이 없는 사람, 이전에 이야기를 많이 못 들어본 사람의 얘기가 듣고 싶었어요. 그리고 늘 다른 얘기가 가능한 사람, 대화에 유연함이 있는 사람들을 선택 기준으로 삼았던 것 같아요. 그리고 자신의 일상에서 늘 성찰을 놓지 않고 살 것 같은 그런 분위기의 사람들 있잖아요. 실제로 그렇게 고른 사람들 모두 엄청난 통찰력을 갖고 있었어요. 나만 피곤한 거 아니구나, 싶은 위안이 될 정도로 다들 세상을 다양한 구도의 시선으로 바라보는 사람들이었어요.

리외   요즘의 관심사 또는 고민이 있으신가요?

예지   저는 사랑인데 폭넓은 의미로 사랑이요. 그러니까 사랑이라는 단어에서 그 근원적인 힘을 거부하기가 너무 힘든 거예요. 예를 들면 가족으로 인해 어떤 방어 기제가 생기잖아요. 근데 그걸 해제하는 데 써야 하는 시간이 너무 긴 거예요. (웃음)

리외   평생 아니에요? 평생? (웃음)

예지   저는 사실 이렇게까지 내 인생에 가족들이 관여할 줄 몰랐어요. 지금 제가 서른인데 아직도 이 사람들이 만든 관계망 안에서 이렇게 허우적거려도 되나 싶을 정도예요. 그래서 이런 걸 어떻게 제초 작업을 하고, 사랑의 개별성으로서 나만의 사랑이 뭔지 발견할 수 있을까 그게 제일 궁금하고, 그 과정 안에서 지금 애인이 너무 고통 받고 있죠. (웃음) 나만의 질 좋은 사랑을 발명하고 싶은 것 같아요. 그게 뭔지도 모르겠고 앞으로 어떻게 될지도 모르겠지만. 요즘 사람들이 말하는 사랑, 내가 말하는 사랑, 이 통속극적인 사랑 타령이 대체 뭘까요?

리외   너무 중요한 주제다. 진짜 어려운 질문을 품고 계시네요.

예지   제가 직면하는 스타일인 것 같아요. 이기든 말든 싸워야 할 주제가 있으면 진짜 오래 쳐다보고 있는 것 같아요. 잘 안 피하거든요. 그러다 보면 상처받을 때도 있지만, 회복하는 법에 대한 발명도 같이 하는 것 같아요. 그래서 저 오래 본 사람들은 저한테 독하단 말을 많이 해요. 지독하다고. 누가 절 베려고 해도 잘 안 베이는 것 같아요.

리외   **진짜 안 베이는 사람의 사랑은 뭘까? 이런 생각이 드네요.**

예지   근데 그런 사람이 사랑하는 사람한테는 제일 잘 베이는 것 같아요. 저는 가족들한테 너무 많이 베여서 회복하는 스킬이 생긴 것 같아요. 모르겠어요. 왜 이렇게까지 가족을 사랑하는지도 모르겠고.

혜니   다 그래요.

예지   그런가? 그런데 그 사람들이 저를 갈기갈기 찢더라고요. 너무 지독한 사람들 밑에서 살아서 그런지, 덕분에 발명한 방어 기술들이 있는데, 일단은 삶에 대한 근력을 그들이 준 게 맞는 것 같아요. 그래도 이 상태를 유쾌하게 생각하려고 많이 노력하는 것 같아요. 유머러스하게. 초등학생 때는 '말괄량이 삐삐'처럼 살고 싶었는데, 최근엔 메리 루플의 책을 읽고 '저거다, 진짜 고약해져 버려야지, 고약하게 웃겨야지' 이렇게 됐어요.

리외   **혜니 님은 어떠세요?**

혜니   저도 비슷해요. 저는 해외에 나갔다 들어오면서 기존에 저를 만들어왔던 것들과 어느 정도 단절이 됐고, 그 이후로는 작업을 계속 실패하고 있어요. 제 개인 작업도 그렇고 생활에서도 그렇고 재구성이 잘 안 되고, 원하는 게 잘 안 보이는 게 지금 저의 고민이에요. 요즘의 관심사는 어떻게 다른 사람의 욕망이랑 나의 욕망을 섞지 않고 살 수 있을까 하는 거고요. 가지 치는 여자.

리외   **가지 치는 여자라니 멋있다!**

혜니   그게 진짜 어려운 것 같아요. 사실 영향력이란 건 제가 남에게 주기도 하고 저도 남한테 받기도 하는 건데, 한국에서는 왜 그렇게 더 어렵게 느껴질까요.

예지   개인주의가 없어서 그런 것 같아요. 욕망을 획일화하는 것에 달인들이에요. 모두 사랑에 미쳐버린 것 같이 연애해야 될 것 같고요.

혜니   그게 지금 저의 최대 고민이고, 물론 돈 버는 것도 고민이죠.

리외   **그럼 요즘 어떤 생활을 하고 계신가요? 살아가는 마음이랑 맞닿는 얘기겠네요.**

예지   이 인터뷰를 한 시점이 여름인데 놀랍도록 여름에는 요리를 안 해요. 부패가 빠르니까요. 요리한 지 얼마 안 됐는데 상해버리면 너무 속상하더라고요. 그래서 여름엔 식생활에 생동감은 많이 안 두는 것 같고, 하지만 삶에 있어서 먹는 생활을 떼놓고서는 진짜 좋은 시기를 보낸 것 같아요. 저는 겨울을 힘들어 하거든요. 바깥 풍경에 나뭇잎 한 장 없을 때 좀 힘든 것 같아요. 환경이 주는 생명력이 제게 중요해서 봄, 여름, 가을에 살아났다가 겨울에는 겨울잠을 자야 하는 타입이죠.

리외 혜니 님의 요즘의 생활은 어떠신가요?

혜니 한동안 생활이 별로 안 좋았던 것 같은데. (웃음) 원래는 냉장고의 경제나 요리를 만들고, 청소하고, 세탁하고, 이런 것에 전혀 스트레스를 안 느끼는 사람이에요. 근데 한 1년 정도 냉장고를 열어도 멍하고 파악도 안 되고, 먹고 싶지도 만들고 싶지도 않아 하며 지냈던 것 같아요. 그래도 그 감각이 최근에는 좀 바뀐 것 같아요. 냉장고를 열었을 때 뭔가 소비할 수 있을 것 같은 느낌? 6월부터 요리 파트타임을 다시 시작했기 때문에 엄청 잘 먹고 있습니다. 다시 좀 활기를 띠기 시작한 것 같아요.

리외 무엇을 어떻게 먹는 것이 하루에 영향을 많이 미치는 편인가요?

혜니 엄청 미치죠. 성분 자체를 먹는 거기 때문에 아침에 어떤 걸 몸 안에 넣느냐에 따라서 하루에 그 기능 자체가 달라지는 것 같아요. 안 먹는 게 더 나은 사람도 있을 수 있고. 그리고 사람들이랑 얘기할 때 식재료에서도 사람들이 가진 부와 권력에 대한 어떤 감각이 많이 드러나거든요. 그런 게 치열하기 때문에 한국에서는 고기 없는 메뉴를 찾기가 어렵다고 생각하는데, 저는 제철에 나는 채소를 먹을 때 제일 기분 좋은 것 같아요.

리외 두 분께도 이 질문을 드려볼게요. 랜턴처럼 두 분을 밝혀준 존재가 있으신가요?

혜니 대답을 하려니 정말 어렵네요. (웃음) 물어볼 때는 시원하

잔반을 처리할 때 묘해지는 기분이 있어요.
즐거운 시간을 보내고 썰렁해지는 순간이 있잖아요.
누가 떠났을 때도 그렇고.
애씀 자체가 나까지도 포함해서 즐기면 좋은데
보통 상대를 향하는 경우가 많으니까.

게 물어봤는데.

예지　저는 지금의 나에게 랜턴이 누군지 체크하고 있어요. 나에게서 빛을 앗아가는 스포트라이트형 인간이 누군지도 보고 있고요. 저는 항상 저의 존경심을 체크해요. 누구를 존경하고 있는지가 저에게 너무 중요해서요. 그게 삶의 방향성을 제시해주거든요. 저는 존경하는 사람이 고등학교 때 처음 생겼어요. 고등학교 2학년 때 담임 선생님이었는데, 체육 선생님이었고 학생들이 무서워하는 선도부 선생님이었어요. 그 선생님이 이상하리만큼 제가 우울하다는 사실을 알고 있었어요. 매 시간 눈빛으로 제가 어떤지 체크하는 사람이었고, 저는 자주 들키는 기분이었어요. 그게 묘한 위로가 되었어요. 저는 학교에서 상처를 많이 받았거든요. 선생님들이 학생의 우울에 대처하는 방식이 폭력적이었다고 생각하는데, 그분 외의 선생님들에게 저는 문제아였던 것 같아요. 협조적이지 않은 학생, 사고를 치지는 않지만 또 따라오지는 않는 학생이요. 그래서 처음으로 이 사람이 문제없다고 저를 감싸는 느낌이 되게 신선했어요. 선생님은 자기 책상에 제 사진을 아직도 붙여두시거든요. 혈연이 아니더라도 날 이렇게까지 아껴주는 사람이 있다는 게 따뜻했어요. 그때 경험으로 잘 살게 된 것 같아요. 그 뒤로도 연인이든, 친구든 현재를 붙들어주려고 노력하는 인물들이 시기마다 있어요. 저를 밝혀주려고.

리외　저는 이 질문이 진짜 어려웠어요. 그간 랜턴 같은 존재를 생각하지 않았구나, 어떤 의미에서는 나를 받쳐주는 사람을 너무 당연하게 생각했구나 싫었어요.

예지 근데 그런 사람은 본인이 랜턴인 것 같아요. 리외 님이 다른 사람들한테 랜턴 같은 사람인 거죠.

리외 저는 지금 나한테 스포트라이트형 인간이 누구인지를 더 많이 생각하며 살았던 것 같아요. 어, 지금 나한테 스포트라이트 쏜다, 이런 부정적인 자극을 위주로 생각해온 것 같아서, 그래 나한테도 랜턴이 있었구나 하는 걸 이 질문을 한참 생각하면서 알게 된 것 같아요. 사실 누구에게나 다 있을 테니까요.

예지 그렇게 멀리서 와서 우직하게 사랑하는 법을 실천할 수 있는 사람은 참 드문 것 같아요. 그런데 그 선생님은 완전 등대였어요. 저한테.

헤니 저의 경우엔 한 사람을 특정하기 어려운 것 같아요. 사실 제가 제일 도움 받은 건 상담 경험이긴 한데, 그렇다고 그분을 랜턴이라고 하기엔 애초에 그걸 위해서 존재하는 분들이기 때문에 좀 반칙이고. 그분은 저한테 그렇게 얘기하신 적이 있어요. 자기는 진짜 나를 딸처럼 생각한다고. 근데 제가 프랑스에 갔을 때 만나자고 안 했어요. 일부러. 그걸 섭섭하게 느끼시더라고요. 그때 제가 거리 두기를 하는 사람인가 생각했죠. 그때 말고는 사실 저는 저랑 관계 맺는 사람들 대부분이 제게 그런 존재일 때가 있는 것 같아요. 서로 생각이 다른데도 서로의 곁을 지켜줄 때 관계 속에서 확 밝혀지는 느낌을 받을 때가 있는데, 그러면 울 것 같죠.

저는 항상 저의 존경심을 체크해요.
내가 지금 누구를 존경하고 있는지가
저한테 너무 중요해서요.
그게 삶의 방향성을 제시해주거든요.

리외　　　나침반으로 삼는 가치에 대해서도 여쭤볼게요.

예지　　　저는 감정이나 사연, 사건에 다 경로가 있는 것 같아요. 갑자기 돌발적으로 생겨나는 건 없으니까요. 저는 사진 교육자로 9년 정도 조용하게 활동을 하고 있어요. 그 커리큘럼을 거친 학생들이 이제 막 무성해지고 있고, 반짝반짝한 결과물을 내고 있어요. 그 과정에서 제가 학생들에게 해준 건, 생각에 경로가 있으니 같이 가보자는 거였어요. 그게 힘이 됐나 봐요. 동행하다가 언제든 손을 놓아버릴 수 있잖아요. 저는 그때 한 번 더 잘해보려고 애쓰는 것 같아요. 그게 이타심 혹은 경청으로 발휘되는 것 같은데, 그렇게 타인에게 한 번 더 잘하는 게 제가 추구하는 가치인 것 같아요. 가족 빼고. (웃음) 제 사주팔자 보면 꼭 그런 얘기가 나오거든요. 덕을 쌓아야 된다. 전생에 뭘 진짜 잘못한 것 같아요. (웃음) 잘못 돌아가고 있었거든요. 근데 이게 풀리는 순간이, 제가 선의를 베풀 때예요. 저는 성격이 좋지 않고 착한 사람도 아니에요. 다만 의식적으로 선의를 베풀려고 노력하다 보니까 사람이 유해지더라고요. 저는 후천적 다정을 익히려고 노력했어요. 제가 어렸을 때 필요로 했던 어른의 모습을 그려보고, 그 어른이 되어줬던 사람의 느낌을 답습하려고 노력해요.

리외　　　아직 자신을 표현할 언어를 갖지 못한 사람에게 그걸 같이 빚어주는 사람의 존재는 엄청 클 것 같아요. 같이 봐주는 거잖아요.

예지　　　저는 사진으로밖에 못 해주긴 하지만 그래도 좋아진 친구들 보면 기분이 참 좋아요. 우울감이 선한 광기와 매력이 될 때, 딱 '어느 정도 벗어났구나' 하는 진단이 내려질 때가 있거든요. 애도 되고 나도 되고. 그러면 그냥 나가라고 말해요. 하산해라 하고.

리외　**헤니 님에게도 나침반이 있다면?**

헤니　저는 사실 개개인들이 각기 느끼는 감정이 제일 진실한 것 같거든요. 이데올로기나 어떤 상황에서 짜인 권력 구조 말고 '이거 틀렸다' 이렇게 느껴지는 거 있잖아요. 그게 제일 좋은 나침반인 것 같아요. 저뿐만 아니라 모든 사람들한테. 그럴 때 저는 계속 목소리를 내자고 다짐을 했고, 앞으로도 계속 그렇게 하고 싶어요.

리외　**사실 자기 마음을 자기가 직시하기가 힘들잖아요. 내가 지금 느끼는 게 뭔지 혼란스럽고, 여러 가지 모순적인 감정이 동시에 들고 하니까, 그럴 때는 그럼 어떻게 정돈하세요? 아니면 정돈하지 않고 이게 다 내가 느끼는 거구나 하고 생각하시는지?**

헤니　내가 속해 있는 어떤 상황에서 누군가 나를 기만하거나 아니면 나 스스로 나를 기만할 때 혼란스럽다고 느끼는 것 같아요. 그래서 보통 그것으로부터 빠져나오거나, 제 스스로 기만하고 있는 경우에는 뭔가 좀 바꿔보려고 하고요.

예지　저 같은 경우는 그래서 기록을 시작한 것 같아요. 사진을 찍고 글을 쓴다는 게 '이 시간 미쳤다. 혼란스러워. 미친 거 아니야?' 이런 느낌을 받으면서부터 '아, 이걸 정돈하지 않으면 나는 광인이 되겠구나'라는 생각이 들면서예요. 기록으로 되새김질하고 지나가면 어느 정도 혼란이 잠재워지더라고요. 저는 어렸을 때

눈 뜨고 일어나면 가족들로 인해서 무슨 일이 생겨 있었거든요. 그때 생긴 그 버릇은 혼자 있을 시간을 만드는 거예요. 혼자 있는 게 힘들었지만, 그럼에도 불구하고 혼란을 잠재우려면 혼자 있어야 했죠. 나만의 시간 소화법이 필요한 것 같아요. 저는 꼭 간단하게라도 글을 쓰거나 사진을 남겼던 것 같아요. 그런 혼란 안에서 해온 기록들로 인해서 제 작업이 창시된 느낌이고요.

리외　　**그럼 헤니 님도 이렇게 잠재우는 방법이 있나요?**

헤니　　사실 마주치는 상황이나 사람을 바꾸지 않으면 어렵다고 생각해요. 예전에는 그냥 제가 바뀌면 된다고 생각했는데 그건 아니고, 그냥 구성 자체를 좀 새롭게 하는 수밖에 없다고 생각하게 된 것 같아요.

예지　　저는 가족들이랑 있을 때 그걸 느꼈거든요. 근데 또 가족은 교체 불가능하잖아요. 그래서 저는 대화로는 도저히 이해를 못 하겠으니까 경유지를 만드는 과정을 시도해봤어요. 이 사람들이 가족 이전에 개인이었다고 인정을 하고, 그리고 개인이 완전하지 않다고 또 인정을 하고서 원하는 정도의 사과는 아니지만 적당한 사과를 받아냈죠. 그렇게 경유지를 만드는 경험을 해보니까 다른 누구와의 관계에서도 또 경유지를 만들 수 있겠다는 희망은 보였어요.

리외　　**방금 예지 님 말씀에서 약해져 있을 때 원하는 수준은 아니더라도 사과를 받는다는 그 포인트가 중요한 것 같아요. 사과 못하는 사람은 상종하**

면 안 된다. (웃음)

예지 　어느 때에는 사과를 갈취해야 할 필요도 있는 것 같아요.

리외 　그런데 제가 손절한 사람들은 전부 사과를 아는 사람들이었어요. 사과를 하는 모습과 태도에서 그 사람의 밑바닥 같은 게 보이더라고요.

헤니 　저도 그래요. 자기의 잘못을 인정하지 않기 위해서 남의 이야기를 갈취하거나 아니면 바꿔버리는 사람, 있었던 사실을 왜곡시켜버리는 경우, 무조건 저는 시원하게 잘라요. 내가 무언가를 잘못했을 때 그걸 얼마나 제대로 보는지가 정말 중요한 것 같아요. 나이 먹을수록 더 조심해야겠더라고요. 어른이 될수록 부끄러운 것을 힘들어 하는 것 같아요. 사과도 사실 저는 별로 좋아하는 행위는 아니에요. 남이 하든 내가 하든. 저는 진짜 질 좋은 인정이 필요한 것 같아요. 내가 별로일 때는 나 별로다 하는 인정이요. 다들 그 인정 자체를 너무 어려워하는 것 같아요.

예지 　그래서 부족한 부분은 빠르게 인정하는 게 좋겠다는 생각도 들어요. 다들 고슴도치잖아요, 사실. 뭐에 찔릴 때 내가 고슴도치가 되는지 아는 건 좋은 것 같아요.

리외 　그게 진짜 건강한 것 같아요. 자기 취약성을 잘 아는 거.

헨조이를 위해 짓는 요리　　　　준비 10분 / 조리 25분 / 2인분

믹스베리 팬케이크

vegetarian

ingredients.

1.팬케이크
밀가루 220g
드라이 이스트 3g
황설탕 50g
소금 한 꼬집
우유 275㎖
버터 50g
계란 2개

2.믹스베리 콩포트
콰트로 믹스베리 250g
황설탕 200g
페퍼론치노 5~6개

3.스윗 앤 사우어 크림
사워크림 2컵
허니 1큰술
레몬즙 조금

how to.

1. 믹스베리 콩포트 : 믹스베리와 설탕을 냄비에 넣고 과육이 먹기 좋게 물러지고 소스가 졸아들어 윤기가 나기 시작할 때까지 중불에 가열한다.

2. 팬케이크 반죽 : 믹싱볼에 가루 재료를 모두 섞어둔다. 냄비에 우유와 버터를 넣고 버터가 녹기 시작하면 불에서 내려 믹싱볼에 섞는다. 계란을 넣고 반죽이 완전히 잘 섞이도록 2~3분간 저어준다. 랩이나 뚜껑을 덮어 실온에 2~3시간 또는 하룻밤 냉장보관한 뒤 사용한다.

3. 스윗 앤 사우어 크림 : 윤기가 흐를 때까지 휘핑한다.

4. 중불에 팬을 달궈 팬케이크를 원하는 크기로 8장을 굽는다. 팬케이크, 스윗 앤 사우어 크림, 믹스베리 콩포트 순으로 한 겹씩 차곡차곡 쌓는다. 믹스베리와 허브, 크림으로 자신이 원하는 느낌대로 마무리한다.

recommend.
'헨조이의 요리 연구회'라는 이름을 짓고 기획으로 이어지는 다양한 대화를 나누었어요. 과정은 느렸지만 진전이 있었고 사람들과 이야기를 나누며 배움의 겹이 생겼습니다. 이 시대에도 꿈과 가치를 품고 사는 저희이기에, 천진한 느낌의 음식이 좋겠다고 생각했어요.

우리가 원하는 만큼 높이 쌓아보자고

팬케이크를 여러 장 굽는다

색이 진한 과일 시럽과

새콤달콤한 맛의 크림을

자신이 원하는 느낌대로

번갈아 더하며 쌓아 올린다

다양한 뉘앙스가 어우러진

고소함 위의 새콤달콤함을

입안에서 만끽한다

'헨조이의 요리 연구회'라는 이름을 짓고
기획으로 이어지는 다양한 대화를 나누었어요.
과정은 느렸지만 진전이 있었고
사람들과 이야기를 나누며
배움의 겹이 생겼습니다.

김혜니, 황예지 인터뷰집

혼자를 짓는 시간

초판 1쇄 인쇄 2022년 12월 06일
초판 1쇄 발행 2022년 12월 14일

지은이 김혜니, 황예지
펴낸이 이승현

출판1 본부장 한수미
컬처 팀장 박혜미
편집 박혜미
디자인 스튜디오 고민

펴낸곳 ㈜위즈덤하우스 **출판등록** 2000년 5월 23일 제13-1071호
주소 서울특별시 마포구 양화로 19 합정오피스빌딩 17층
전화 02) 2179-5600 **홈페이지** www.wisdomhouse.co.kr

ⓒ 김혜니, 황예지, 2022

ISBN 979-11-6812-559-9 (03810)